文學叢書
226

青春山河

林梵・著

輯一

輯二

輯三

輯四

輯五

附錄

【序詩】

夢的神話

荊棘叢生的荒原
兩條交歡的蛇
相互纏繞住身體
隨意蜿蜒竄騰
月空下，火焰舞動
夢的神秘語言

幽潛深藏的本體

爆發出無限的能量
由中心向外擴散
一圈圈的環狀光
穿透了一切阻絕
舒放開來緩緩盪漾

自由穿梭於空間
遂遺忘了時間
一切既無開始
也無終了
我便是過去
現在也是未來
心中溢滿了狂喜
逐一
賦予萬物名稱

輯一

逆旅

明滅的燈火
依然閃爍於
遙遠的距離之外
一程又一程
走過夜深的夢
害怕迷失啊

老狗咽啞叫聲
逐漸緘默下來
步履沉重的離去
西街無一人
懸在桅上的燈
寂寂的燃燒著

《台灣詩季刊》第二號，一九八三年九月

囚

每一個人，遲早
都被無形的牆
四面壓迫
空間日漸縮小
彷彿侷促於水井的
青蛙
只要抬起頭

還能見到天光
必然仍聒噪不休
同氣相求的聲音
此起彼落，穿透
不自由的境況

《台灣文藝》第八五期，一九八三年十一月

剪影

匆匆走來的人群
匆匆走去的人群

午後的陽光斜照
跪在路邊磕頭的
乞者，喃喃不休
好手好腳的人哪

已經放棄了掙扎
一隻缺了口的碗
盛著三五個硬幣
兩三張紅色鈔票
也許自己放進去
希求過往的行人
依樣地丟給憐憫
或者這一些眞是
下午的整個收入
晚餐算算也夠了
睡就睡在地下道
也可能後巷某處
還有張床等著呢
說不定晚上整裝

華西街銷魂一趟

頭髮放任它荒蕪
藏著枯黃污穢的
臉，更適合演戲
體面的人不一樣
披戴不同的假面
出現於都市叢林
即是假，演多了
不也就變成眞的
除掉生命的尊嚴
卑猥地跪了下來
好歹嘛也是一幕
即興街頭演出呢

走來匆匆的人群
走去匆匆的人群

《文學界》第八期，一九八三年十一月

眼鏡

總是，離開了我
你茫茫然的存在
空空洞洞，反射
，不特定的風景
我則彎著腰低頭
努力看書作筆記
碰到了吃緊地方

推開別人的意見
仰起頭閉著眼睛
思索另一條出路
當你又安安穩穩
跨坐在我的鼻梁
我們，一起展望
因爲著美好將來
拚命掙扎的人間

《台灣詩季刊》第二號，一九八三年九月

雛菊

案頭擺一缽
小小的雛菊
綠枝葉承托
白花瓣朵朵
蕊心，開綻
淡淡的鵝黃

白天，存在
溫馨的色彩
晚間，變幻
星星的眼睛

自然亮麗了
沉重的書齋

《台灣時報》副刊，一九八四年一月十六日

月與荷花

醉了酒，不禁
嘔吐出翻騰的心
火焚之後，天空
齜咧笑著的牙
閃熠著墨冷的寒意
整夜喧鬧的池塘

斜裡伸出來一隻
枯瘦的手
趕緊托住我
防我一頭栽入水裡

一九八三年

《聯合文學》第一四一期，一九九六年七月

鹽

陽光閃耀著
海水，閃耀著
一顆顆的汗珠
鹽田的風景
光影也恍惚了

轉動的風車

滷水導入了池中
熱氣幾番蒸騰
高達飽和點
結晶，苦澀的鹽

以化學藥品提淨
所有存留的雜質
再經粉碎及過篩
終於瑩潔純白
一如雪的肌膚

烹煮時只要些微
溶入了食物
平淡轉化甘美

也補充了，亙古
生命所需的要素
而鹽民為了生活
任烈日曝曬
反芻人生的苦樂
隱密的淚水
一樣有鹽的鹹味

《笠》第一一八期，一九八三年十二月

盆栽

即使只給我
一握的泥土
我的根
在有限的天地
盤紮，吸收養分
我的莖
奮力抬高、生長

我的葉
光合作用不懈

即使修剪我
我仍不服
在坎坷的命運中
爭取生存的條件
隨即拚命吐出
新的葉片
仍然有繁盛的姿容
氣象蓬勃
仍然像我山中的兄弟

即使扭曲我

INK PUBLISHING

讀者服務卡

您買的書是：________________________________

生日：________年________月________日

學歷：□國中　□高中　□大專　□研究所（含以上）

職業：□軍　□公　□教育　□商　□農

□服務業　□自由業　□學生　□家管

□製造業　□銷售員　□資訊業　□大衆傳播

□醫藥業　□交通業　□貿易業　□其他________________

購買的日期：________年________月________日

購書地點：□書店　□書展　□書報攤　□郵購　□直銷　□贈閱　□其他

您從那裡得知本書：□書店　□報紙　□雜誌　□網路　□親友介紹

□DM傳單　□廣播　□電視　□其他

您對本書的評價：（請填代號 1.非常滿意 2.滿意 3.普通 4.不滿意 5.非常不滿意）

內容______　封面設計______　版面設計______

讀完本書後您覺得：

1.□非常喜歡　2.□喜歡　3.□普通　4.□不喜歡　5.□非常不喜歡

您對於本書建議：

感謝您的惠顧，為了提供更好的服務，請填妥各欄資料，將讀者服務卡直接寄回或傳真本社，我們將隨時提供最新的出版、活動等相關訊息。

讀者服務專線：（02）2228-1626　讀者傳真專線：（02）2228-1598

廣	告	回	信		
台	灣	北	區	郵	政
管	理	局	登	記	證
北台字第15949號					

235-62
台北縣中和市中正路800號13樓之3

印刻出版有限公司　收

讀者服務部

姓名：＿＿＿＿＿＿＿＿　性別：□男　□女

郵遞區號：＿＿＿＿＿＿

地址：＿＿＿＿＿＿＿＿＿＿＿＿＿＿＿＿

電話：（日）＿＿＿＿＿＿＿＿（夜）＿＿＿＿＿＿＿＿

傳真：＿＿＿＿＿＿＿＿

e-mail：＿＿＿＿＿＿＿＿＿＿＿＿＿＿＿＿

INK

我仍不死
在逆境中表現
旺盛的生命力
軀幹儘管矮小
粗糙的樹皮
仍然具有野性美
風格豪邁
仍然像我山中的兄弟

《笠》第一一八期，一九八三年十二月

都市的天空

小窗外一角的
天空，有雲浮懸
雲的底下凌亂突現
都市房子的頂層
再向上搭蓋起來
強佔生存的空間
電視天線彷若旗幟

標示每一家的領空

靜靜無風的時候
污染過的空氣
無法迅速散開
沉悶得令人窒息
偶爾一隻兩隻的鳥飛過
大自然的生機
鬆動了緊張的局面
天空才又靈活了

《自立晚報》副刊，一九八三年九月二十三日

都市的幻影

高聳的建築
一座座
一排排
深深嵌入天空
房地產價格
一向飄浮不定
鮮豔的廣告汽球

昇高，誇飾文詞
陰空下招搖

惶然走過
現代化的峽谷
暗色玻璃帷幕牆
大塊，反映了
城市的風景
臃腫而且虛無
底端邊緣閃現
一張臉，驚奇
陌生地望著我

《自立晚報》副刊，一九八四年八月十三日

和平之音

迅速進步的現代科技
突破了封鎖的國境
以及遙遠的距離
我們透過人造衛星
短波收音機，瞬間
接收世界各地的訊息

各種波長的音波
充盈耳邊爭吵
每天，國際電台
評論員各說各話
以有利於本國的觀點
解析時事，並譴責
意識型態不同的對方

我們必須努力學習
從多角度觀照
重大事件的發展
判斷衍生出來的意義
至於有些外國話聽不懂
就以聽音樂的心情

體驗語言的節奏
才眞是和平之音呢

《台灣詩季刊》第四號，一九八四年三月

古董拍賣場

一時
每個人的眼光
都盯著桌上的古董
在腦海裡盤算
要給消逝的光陰
附加多少利息？

或清或明，或者
更古遠的年代
同一窯燒出的陶瓷
啊！脆弱之器
經過不同時間
不同地方
不同人的手
或者皇室達官
或者平民大眾使用
或遺忘在角落裡
最後純擺飾於玻璃櫥
完全喪失了實用性
也許剩下唯有的一隻
甚至長年鎖在保險箱

來印證悠悠歲月了

誰能眞正擁有呢？
也不過暫時借給
出價最高的人
把玩一下而已

《笠》第一二五期，一九八五年二月

▼輯二

靜浦的阿美族小孩

拋開了都市
也拋開了煩憂
投奔，向野外
沿花東海岸公路
我們走走停停
來到了靜浦
阿美族的部落

靜靜地斜躺在
秀姑巒溪口
有人閒坐海邊
突出的礁岩上
享受暖和的陽光
手裡握著釣魚竿
久久不見動靜
緊臨著大海
就是翠綠的農田
水牛卸下了重擔
休息，懶洋洋
反芻著青草
田埂間，小孩
快樂的追跑

偶爾驚飛起
色彩炫麗的海鳥
於是大夥兒
歡呼，哇哇大叫

回頭，不遠處
一個活潑的學童
身手矯捷靈敏
滾玩著舊車輪框
跑到我的跟前
健康的肌膚
微微閃亮著光澤
黑白分明的眼珠
滿滿漾盪著笑意
輪廓清楚的臉

也整個笑開了
迅速會面而過
大聲以阿美族語言
愉快地和我招呼

滾動輪框
能夠不滾動歲月嗎？
滾動歲月
能夠不滾動出外嗎？
望著離去的背影
我彷彿看見他
沒入於茫茫人海
在他不了解的世界
浮沉掙扎

《春風》第二號，一九八四年四月

雅美人的蘭嶼

蘭嶼的山是綠的
我們砍柴、捕捉小動物
蘭嶼的海是藍的
我們玩水、抓魚
蘭嶼的天是青的
我們曬太陽、作夢
大自然是永遠的老師

我們從他的無私
學習如何生存
絕不貪得無厭

我們的男人
僅兜著丁字褲
裸露健與力的肌膚
開墾田地、種小米
群體造船、建築房屋
冬天不能出去討海
就隨意拿起黏土
捏塑一些粗陶壺罐
以遊戲的心情燒出
奇形怪狀的玩偶

我們的女人
只有單純的夢想
一樣粗手大腳
除草、挖翻泥土
種植芋頭、蕃薯
回家煮簡單的食物
也以自造的紡梭編織
樹皮加工過的纖維
再經染色、裁布
完成裹身的衣服

在勞動與休閒裡
我們有了折衷
即使工作都帶著

幾分愉悅、快樂
還有相當的時間
大夥兒圍坐涼台上
嚼著檳榔、聊天
一口口呑吐香煙
眺望海上幾個鐘頭
涼台下的山羊、黑豬
低頭吃著糞穢的廢物
如果嬰兒餓哭了
婦人解開衣襟哺乳
一旁光溜溜的孩童
也趕緊依偎了過來
留戀地一把抓住
母親另一邊的奶房

流露著無限親情
正如連天的海
日夜湧向海岸
母親輕拍著嬰孩

《文學界》第九期，一九八四年二月

青鯤鮹的午後

腐臭的魚，堆放
漁市拍賣場旁邊
蒼蠅沾腥鬧嗡嗡
享受豐盛的饗宴

午後，漁船入港
一桶一桶的鮮魚

上市了。很多人
打量時鮮的海產
分類的趕忙分類
秤重的迅速秤重
叫賣隨即展開了
喊價聲此起彼落
也有人比劃手勢
爽快完成了交易
腥味散發空氣中
漾盪著興奮活力
沿著港灣，張望
柏油路面的兩旁
魚網張在大門口
乾魚曬在大門前

婦人們忙著銼蚵
也趁機話道家常
一群無憂無慮的
小孩，快快樂樂
相互追逐著遊戲
毫不在意，太陽
一寸一寸的偏西

這麼陣熱潮過後
青鯤鯓又恢復了
尋常寂寞的寧靜

《春風》第二號，一九八四年四月

回到山林的懷抱

近山層層疊著遠山
春天環抱著山谷
空氣中，微微濕氣
滋潤了花草樹木

山地國中的校園角落
一群布農族的少年們

充分利用了體育課
戲耍籃球，一如行獵的父兄
追逐野地的獵物
舒展了筋骨
也讓精神得到了安頓
黝黑的皮膚
亮出健康的色澤
笑容，陽光燦爛

遠離城市的囂喧
脫身現實的漩渦
回到部落的平地人老師
被少年們發現了，環繞身邊
七嘴八舌，大聲問好

別後，如何如何
溫暖、動人的純眞
深深撩撥心弦
山地少年，鼓舞了
疲憊的平地人國中老師

（參考書令人疲倦
課外補習令人疲倦
追求成績令人疲倦
聯考令人疲倦
疲倦實在令人疲倦
帶領了一群疲倦的學生
國中老師也疲倦了）

山林是大自然的天書
春夏秋冬風情變幻
傳遞生命的訊息
圓滿而且自由自在

《聯合文學》第一六四期，一九九八年六月

山音

——水沙漣記

一

東望是山
西望是山
南望是山
北望是山

山中祖靈
隨著風聲
傾訴昔年
循環舞動

二

清云珠山
威改光華
Lalu正名
祖靈開眼

左眺是水
右眺是水
前眺是水
後眺是水

《中國時報》「人間副刊」，二〇〇四年十二月二十二日

光與影

油桐花開的季節
翠綠歡欣展現了笑顏
裂綻的五瓣之花，彼此
招呼醒來，醒來呵
渲染了一片春意
彷彿夜空中閃亮的星子
鳥，自由自在飛翔

在急馳飛奔的列車
側身於邊緣角落
隱密而帶著喜悅，閱讀
少女的裸體畫冊
青春花放的胴體
燃動，炫人的火花
隔著玻璃車窗
移動光影的風景
映照，維納斯之丘
溫泉鄉的美少女
側臉凝望野外的風景
不知想些什麼？

急馳的列車，快飛
近乎流星的速度飛奔
原野與山丘，連袂
一路倒退而去

油桐花，油桐花
依然是油桐花開
山色青青，水藍藍
被春色點燃了
啊，快意盡情生活吧
青春萬歲！

列車定時來到暗黑的隧道
動人的青春風景

還是過去了
偶然抬起了頭來
看見了老婦，孤孤單單
恍盪於生命的渡口
跌、跌、顚、顚
從光的背景迎面而來

生命的列車
依然快飛急馳
終於通過了隧道口
奔向陽光的所在
山色依然青青

《中國時報》「人間副刊」，一九九六年六月十日

生命之舞

海藍藍的水映照
朗朗青天，乾坤都藍了
地中海，高聳的海崖
古希臘神殿，面向
太陽升起的地方
一座座巍巍矗立著
迎送眾神，朝朝暮暮

一如海之呼吸
經千年時光的刷洗
漸漸傾頹成廢墟

殘斷的列柱
一根又一根
盡是嘆息歲月之無情
眾神默默無聲
一再以花草的面目
從隙縫中突現
微小但卻是頑強的
新生命，繽紛亂舞
春天。啊！神跡
行在花草搖曳之間

《中國時報》「人間副刊」，一九九九年六月二十四日

雅克賓修道院

典型暗紅磚，砌造起
歌德式的老修道院
迴廊合攏環抱著
光影浮動的色澤
天井，四周圍寂靜無聲
已經橫跨了六、七個世紀
長遠的時間流過哪……

甚且將一直延伸及於未來

東方旅人，無意間
來到了這裡
默默低頭，沉思著
神必然存在
西方世界的道理
或許也遍在時空

《中國時報》「人間副刊」，二〇〇〇年十一月十四日

京都行腳

前世今生

保存廢了校的明倫小學
變身成京都藝術中心
頂樓不時傳來三味弦的樂聲
吟詠再三，追憶著逝水青春

哲學之道

冬天偶有風雪，春季賞櫻
不長也不短的散步小徑
夏季披穿綠意，秋天觀楓
一路，道與名剎古寺同行

清水寺

清水寺，向來安安穩穩
高懸於雲空之中
誠心前來參拜的信徒
一根又一根無形的支柱

龍安寺

鋪滿白砂的枯山水石庭
五、二、三、二、三
波浪裡的大小頑石
浮現心海深處的幻影

東寺

父子倆辯論生命之謎
一時，東寺雪落紛紛
包覆滿身的暖意
五重塔下虛實相生

三十三間堂

再三拜訪三十三間堂
千百年前，大師湛慶
親手雕刻坐姿千手觀音
每回以不同的面目示現

真光寺

淨土眞宗隱身於夕照山
眞光寺，寂靜無言
突然月亮從雲端現身
眞的是又圓又滿

二〇〇三年十一月旅途中

《中國時報》「人間副刊」，二〇〇四年二月二日

龐貝古城

時間就在火山爆發時
被硬生生地凍結了
從此遠離人與人爭的漩渦
遠離兩千年來戰亂的烽火
我們就此長埋在地底下
等著被後人發現、挖掘
等著有一天重見天日

羅馬帝國的光榮於今安在
而死去的我們存在下來了
一時一地之毀滅
換取了永恆的見證
巨大的羅馬澡堂還在
我們是愛清潔的民族
四通八達的步道上
人來人往的人潮
指示前往妓女戶尋歡的
陽具與睪丸的符號還在
不需文字這是共同的意符
我們不是禁慾的民族
豪門巨宅入門最醒目的地方

陽具崇拜的圖象還在
我們喜愛性與生命
就像吃飯一般自然
我們是喜悅的民族
我們放鬆了心神

儘管天火將我們摧毀
然而有一天終必再生
以赤裸裸地眞實
而且是本來面目
遊客啊！不必羞於見到自己
我們是呈現世人面前的
一面巨大的明鏡

《聯合報》副刊，一九九九年七月二十二日

▼輯三

台灣俳句

一

季節又到了
樹睜開千蕊的眼睛
張看花花世界

二

陽光穿越了黑森林
飛瀑濺起的水珠
反射出千萬顆小太陽

三

白雲深處崖頂
不知名的野花
點亮了滿山的綠意

四

成群的鳳凰樹
以瀕臨死亡的姿勢
燃燒最後的一把火

五

明月輕盈舞動
夜間的蟲鳴鳥叫
合奏天地協和音

六

流光逐漸磨禿了頂
小雨滴在頭上的聲音
格外悅耳動聽

《中國時報》「人間副刊」，一九九八年一月十四日
《笠》第二〇三期，一九九八年二月

台灣俳句
——旋開旋落

一

滿山櫻花隨著春天
舞動了山頭。旋開
旋落。生命一聲聲輕嘆

二

山水無主閒人得
雲天撩動一方畫幅
夕陽落了款

三

眼前落下的夕陽
不久又從背後運轉到
我們的眼前

四

不管月在雲中
還是月在雲外
中秋月分明在心中

五

生命的樂音從寂靜
響起，復歸於寂靜
悲愴的回音響動寂靜

六

再再剎那生滅的人生
也無非風吹雲動
如是而已

《文學台灣》第二九期，一九九九年一月

台灣俳句

——夫婦

一

婚姻是一條綑仙繩
從此天人兩人三腳
行走人生的窄路

二

女人深入男人
男人在女人的體內開花
兩人一時身心脫落

三

身體相互溫暖
理不清的愛恨情怨
日積月累於心中發酵

四

背對著背入睡
各自反芻昔日美景
彼此有不被佔領的夢

五

兒子在夫婦之間
有時是女人的避風港
有時是移情的另一個男人

六

多年婚姻生活
疲倦的男人與女人
加愛／害者同時也是受愛／害者

七

不幸生了重病
沒人可依靠。醫生不能
太太不能，兒子不能

八

終將孤獨的死去
即使眼淚成海
也不能浮起一朵微笑

《中國時報》「人間副刊」，一九九八年九月三日

台灣俳句
——生·老·病·死

生

生生死死流轉
每次迎接新生命的來臨
DNA即傳遞祖靈的訊息

老

頭髮越來越稀少
偶然間瞥見自己的神情
越來越像死去的父親

病

天干丙火
如火燃燒身體的灶
病來如山倒

死

死，是彼此的解脫
如果人永生長存
妖魔鬼怪一定更多

《中國時報》「人間副刊」，一九九八年十一月二十一日

台灣俳句

——懷念父親

一

夢見了夢的暗暝
死亡及非存有
釋放了生命的潛能

二

陰曆七月半前兩天
又是父親的忌日
一并普渡他界來的好兄弟

三

夢見了死去的父親
越來越年輕，越像
與我鬥牛、相撲的兒子

四

月圓又月缺，先人忌日
大約也只有兩代子孫記起
再下去就無影無跡了

五

狂風來襲，幼年的我迎風
大喊：風來！風來！
我們在這裡等你！

六

大手牽小手
流連於夢幻花園
行入亮度耀眼的光圈

七

夢是私人的神話
原野的花如是說
夜如是說，愛如是說

八

飄然來去的身影
夢，穿梭陰陽兩界
喚醒了記憶深埋的魂靈

九

溯河回流
佇立在時間的長河裡
風吹過夢的殘骸

《聯合文學》第一七八期，一九九九年八月

台灣俳句

——給舒伯特

一

聆聽音樂，放鬆心情
我濃濁的血管逐漸澄清
可以游舒伯特的鱒魚

二

我是魚。自由自在
泅泳於舒伯特自在自由
迴旋自如的天籟

三

音符是一群又一群的魚
舒伯特隨手一撈，從腦海
撈起一把動人的旋律

四

音符是空中的飛鳥
舒伯特放身翱翔
與風中的靈魂交談

五

音符是森林的樹葉
舒伯特的風陣陣吹拂
翻飛音波自然律動

六

枯葉隨風飄落下來
舒伯特的死與少女
靈魂聲聲嘆息的悲哀

七

舒伯特的愛與苦悶
化身風的姿容
響動千曲生命之歌

八

靈魂之獨白，舒伯特
細膩且變化多端的音色
交會出詩與音樂的焰火

九

凡有耳的，就應當聽
耶穌說。如響斯應
舒伯特，盡其所能

十

當我想歌唱愛情時，轉向悲哀
當我想歌唱悲傷，又轉變成愛
舒伯特的音樂如是反覆吟唱

《中國時報》「人間副刊」，一九九九年八月二十四日

純粹的聲音

一

靜觀大海，浮生
無涯的孤獨
自遠古潮音湧動
黃昏，海洋的水
縮成一顆淚珠
從眼睛滴落……。

二

夏日蟬聲嘶嘶
如海洋的呼吸
潮來，又逐波退去
在聲音與聲音之間
超越的沉默，聽見了
宇宙深沉的脈動

三

山谷中清風陣陣吹來
風與群樹對話

樹與花草低語
花與人相視含笑
人哪，是大自然的嬰孩
安寧地依偎在伊的懷抱

四

雲與青山遊戲
水與石頭說個不停
蟲、鳥都盡情鳴叫
大地之母溢滿了生機
催促野地的花醒來
迎風歡呼愛與生命

一～四，《聯合文學》第一四九期，一九九七年三月

五

葉子的紋路
魚身排列的刺
動物剝淨的骨骸
乃至人神經元的分佈
啊！都是我們思索
宇宙奧秘的地圖

六

愛如容易受驚的野鴿子
悠遊自在於草地上覓食

咕咕地叫聲，呼群引伴
偶然，微小的異聲響起
一陣驚飛，掉落於林裡
白羽，是留下的記憶

七

人的內心深處
是複雜的慾望迷宮
藏著黑暗而陰冷的蛇窟
恨是出沒不定的蛇
口中宣揚博愛的人
竟然吐出了毒蛇

八

時間，揮動著鞭子
狠狠抽痛了歷史
處身饒舌多雜音的世界
詩人艱辛萬苦
捕捉了語言的意義，企圖
抓緊生命不被流失

九

宇宙運轉的聲音
我們用心聽見了嗎？

大至銀河、太陽
小至地球、月亮
依次遞減……縮小……
蜜蜂在花叢間嗡嗡叫

十

從空無開出了萬有
終然還歸於空
一隻無形之手
拈起一株烏有之花
嬰兒滿含笑意的眼睛
悄悄地爬上了魚尾紋

一～八，《文學台灣》第二二期，一九九七年四月

十一

一樹樹緋紅的山櫻花
在早春三月的晴空下
恣意引爆了花的精魂
夜空裡群星閃閃爍爍
不爲什麼存在而存在
也無非是花開花落罷

十二

有時生活無聊的可以
除了飲食與性的快樂

吐出的廢氣、廢話太多
一個人如何將生命壓縮
成一行詩，或者任意
渲染爲一則亂世傳奇

十三

一大片的草原，銜接
遠天的白雲青空
不同種類的野花
盡情綻放生殖器官
於風中搖蕩生命
色彩豐饒的交響樂

九～十二，《文學台灣》第二三期，一九九七年七月

十四

月光下，骷髏、骸骨
從千萬年的遺址裡
紛紛爬出來跳舞
人在崩潰的文明廢墟上
建立起新一代的文明
不久考古學家又接踵而來

十五

懷著探索慾望的野性
終於飛往太空深處
從百年之眠中甦醒

還是迎向一群又一群
死寂荒涼的星球
加深了人的絕望與孤獨

十六

無限大密度的無限小奇點
灼熱而稠密，不可思議
剎那之剎那間大霹靂驚爆
時空膨脹，創生一百五十億年
星系相互飛離的宇宙
啊！猶原是泡影夢幻

十三～十六，《文學台灣》第二七期，一九九八年九月

樹的風貌

櫻樹

一夜怒放開來的櫻花樹林
一夜飄花零落如瑞雪紛飛
花開了隨即又花落，幽魂
再一次攜帶著春天上樹了

刺桐樹

部落裡仍然有好多棵刺桐
春天初臨，層層疊疊花開
平埔族群循慣例歌舞盡興
紅，恣情放肆燃燒成火海

菩提樹

冬寒將節氣交手給了春天
高挺百齡，巨大的菩提樹
心葉悠悠然從眠夢中醒轉
再一次，換穿年輕的綠衫

洋紫荊

綠色的葉形酷似羊的偶蹄
紫紅染白的花朵迎風搖曳
沿著山坡道，一路撒開來
散播春天早已來臨的氣息

木棉樹

行道樹一連挺立的衛兵
都市，人來人往何匆匆
枯黃葉叢橘紅的木棉花
看見釋放了隱藏的熱情

黃花風鈴木

滿樹黃花爭先展開笑顏
所有的綠葉都欣然讓席
身處於藍天綠野的空間
昂頭，昭告春來春即離

油桐樹

筆直油桐佔領了中海拔
冬寒凋落，春來又綠透
暮春，白色點點的花蕊
晚風吹過，閃亮如星斗

金龜樹

橢圓形的葉子配對成雙
迎風搖蕩著青春的氣息
惟佝僂的身體沉思回想
皴裂之痕，遍歷過風霜

阿勃勒

初夏，阿勃勒再次盛開
花朵一串串，垂下枝頭
飄舞飛動等人的黃絲帶
引惹遊子們無端的鄉愁

榕樹

終年常綠的樹冠，打開
一把把，大地綠色的傘
千萬張葉肺一起深呼吸
一再過濾了污染的空氣

《聯合報》副刊，二〇〇四年十二月十八日

▼輯四

銀合歡與木麻黃

——給默默推動民主的無名人士

山裡再貧瘠的土地
只要先種下銀合歡
它就發芽生根茁長
改善周圍的土質
鳥或者風，無意間
帶來的種籽
慢慢形成一片綠意

竹林也跟著繁衍
苦地於是有了生機

海濱不起眼的木麻黃
在惡劣的條件下生存
挺身，以裸露的骨節
抵抗強勁的海風
深入的根，緊緊
抓住土壤不被流失
日夜守護著海岸線
即使有鹽分，新生地
農民也可以播種收成

《台灣文藝》第八五期，一九八三年十一月

詩言志
——給初安民

從韓國遠道而來
是離家，也是歸回
急切以母親的聲音
祖國的文字，訴說
遊子盈溢滿腔的
雙重情懷

紅豔的鳳凰花
燃燒了南國
無端思想起
北國的雪鄉
白衣少年的記憶
潮水一般洶湧
偶爾放縱自己
於酒中沉浮
愛是唯一的拯救

而所有的詩，都是
與母國繫連的臍帶
在胎盤中吸收養分
也給予新生的喜悅

在人性的隱密處
尋問生命的意義
在都市的角落
記錄社會的變遷
在暗殺的槍聲
回憶歷史
在板門店的傷口
探索明天的出路

《聯合報》副刊，一九八三年十一月八日

心事
——致宋澤萊兩題之一

過了中秋
才眞感覺秋天的氣息
常常不及防之間
風說來，就來了
最近一連病了兩番
日夜咳個不停
那種費盡心力的咳

有時氣都提不上
煙草薰染過的胸腔
彷彿一把被掏空了
當然非是澄明之空
我塵世瑕垢的心靈
猶未經過修練
偶爾隨意學著打坐
一定雜念紛起
往往半途就放棄了
禪的體驗
仍然遙不可及
連衷心喜愛的文學
也不一定能掌握住
常楞對著空白的稿紙

半天寫不下一個字來
沉浮於人間火宅
妄想一切存有著
皆渴望成爲語言
反而陷身障礙
苦於心恆不安
何時眞能擺脫病體
回歸本來渾然的狀態

圓熟飽滿的生命喲

一九八三年九月二十八日
《自立晚報》副刊，一九八三年十一月二十二日
《台灣詩季刊》第三號，一九八三年十二月

向春風的來處眺望

——致宋澤萊兩題之二

還繼續吟唱
哀傷的曲調嗎？
還繼續悲嘆
蕃薯仔的歹命嗎？
不！我們不了
福爾摩莎
即使遍體都是傷痕

仍然十分尊嚴
即使受夠了侮辱
仍然非常強韌
挺立於風中
少年台灣，永恆
在我們內心深處
亞細亞的孤兒
永遠不會再像以前
瑟縮於黑暗的角落
我們絕對有勇氣
承受再三的打擊

懸隔於大陸棚邊緣
浩瀚太平洋上聳拔

福爾摩莎
血汗拓展的新天地
理應受到歌頌
由來現代詩的傳統
第一遭，有人
將我們的台灣
全心全意擁抱

熱情的歡呼、讚美
提昇及神聖的地位
起先藝術上，表現
或許仍未盡完滿
隨著時間的琢磨
越久越醞釀了

醇濃的後勁
令我們深深動心
反覆思索，辯證
糾纏不清的問題
甘願爲伊獻身

長年隱居於鹿港
還有新系列作品
給期待的我們嗎？
向外追尋了好一陣
我終於回到了故鄉
潛心追溯歷史
觀察世局的演變
偶爾也寫寫詩

報刊雜誌上發表
只是告訴故人無恙
年初，煩你寫序文
我的詩集
仍尚未出版
倒也無關緊要
此刻，心情如你
向春風的來處眺望
強烈關懷
弱小民族的結局

一九八三年九月二十八日

《台灣詩季刊》第三號，一九八三年十二月

寒椿

——爲了忘卻：紀念橋澤ひろこ

南方島國來的我
在嚴寒的北國
過了霜雪的第一個冬天
寂寞的學習生活
有了觸動生命的感覺
妳的家鄉，我知道
是川端筆下純淨的雪國

鄰家庭院裡的椿花已經盛開
我們叫做山茶花
昔日新聞配達夫楊逵
戰後，在我們的福爾摩莎
曾爲了追求和平
付出十二年生命的代價
自監獄島鍛鍊歸來
開墾的花園，也有
純白如雪中的花
日文發音，對應我的語言
隱藏著秘密的喜悅

還在好夢裡呢，落雪的侵晨
猝不及防，電話聲撕裂了寂靜

隔空慌忙抓來的聲音
空茫茫，無從相信啊……
越過長長的隧道，歸鄉
大地瑩白的雪夜
（想來一定有許多，東京
私語要告訴母親吧）
血，在體內嘩變
無常迅速如雪崩，瞬間
將青春埋葬了
臨行前不是還約好
下個禮拜見面嗎？

（気をつけて
まだ雪がふっています）

我還有許多，殖民時代的
生活語言必須學習
（配帶刀槍、重武器裝配的強權
一再逼迫我們改變語言）
也許，妳知道
死亡早已潛在身後冷笑
不能相信妳已不在人間
不能相信，不能相信！

終於不能不相信
排浪洶湧而來的心情
無論如何不能平靜
雪在窗外紛紛落著
自己一個人吞飲月桂冠

溫暖冷顫的身心
（啊！對坐的清水燒酒甌仍在）
我不擅長以母語書寫
以學童時再學習的語言寫詩
穿越我的語言
穿越妳的語言
越過了國境
越過了生死
在不需要語言的地方
一株，永不凋落的寒椿
恆久，恆久
在時間的另一端綻放

一九八八年東京·池袋

《文學台灣》第十九期，一九九六年七月

回家

——紀念父親

意外的臥病於任所
父親臨終前交代
「明．ㄍㄜ，我要回去府城。」
強忍著淚水，我說
「放心爸爸，我們回家。」

輕輕一伸腳
滑入了另一度的時空
浪居三十多年的歲月
戶籍記載的一切
輕輕一筆勾銷

回來桶盤淺的祖墳
一如嬰兒時陣
安睡在父母的中間
再也不用害怕
內外交迫的夢魘

《自立晚報》副刊，一九八四年一月二十七日

▼輯五

憶

許是夜深了
伊輕輕走來
熟讀我
爲我蓋好了毛毯
捻熄案頭的小燈
轉身，悄悄離去
閉著眼睛的我

了然一切動作
心中充滿了溫馨
也眞的睡著了

這回夜裡醒來
感覺冬天好冷
暗色中，閃過
那久已遺忘
曾經熟悉的手
細緻而又溫暖
是我生命最初
情愛的體驗
突然一陣暖流
暈染了心頭

《詩人坊》第六號，一九八三年十月

貓羅溪洗衣的婦女

黑暗的天色
猶未完全撤離
太陽還不曉得
在那裡逗留呢
貓羅溪畔的婦人
少女都已經來了
各據一塊石頭

拚著氣力，搓洗
昨天換下的衣裳
雙手起落之間
污垢，隨流而去
也順口大聲交談
婦道人家的消息
趁早將衫褲洗好
等一下，還要
趕著上山工作呢

純樸的鄉親寮
是我牽手的娘家
伊回來。大清早
手挽著舊箍桶

飽含露珠的溪埔
與山水重溫舊情
嘩啦啦的流水
一路輕快地歌唱
迴游，淺灘處
濺開了細小水花
又匯流急速而下
青山蒙披著霧紗
微微閃映水中
也有伊，蹲坐
水湄的倒影
洗濯永不褪色的
親情與愛情

我在一旁，逗弄
潛游水裡的小魚蝦
偶爾伊回頭給我
會心的微笑
有時，我偷偷望著
伊的側影
回想我們的初遇
如何彼此約定
陪伴著過一生

一九八三年十一月

《台灣文藝》第八六期，一九八四年一月

妻

妻
字典的解釋
象女結髮戴飾之形
我們沒錢
婚後太太仍然像女學生
頭髮直瀉披肩
我喜歡伊的清純

妻

字典的解釋
女能持事而與夫共求上進
我們有理想
婚後太太做了大部分的家事
留出時間讓我讀書思考
我感謝伊的勤勞

妻

字典的解釋
齊也，與夫齊體
我們歡愛
婚後太太釋放肉體

儘量配合我的需要
我讚嘆伊的委屈

《自立晚報》副刊，一九八三年十月十七日

手

——手腳兩題之一

哺乳動物，終於
抬起了前肢
朝靈長類邁進
猿人大拇指的關節
突變，與四指分裂
從此掌握了工具
遂演化成人

五指舒之爲手
卷之則爲拳頭
溫柔的手
也是反抗的手
愛情的手
也是戰鬥的手
勞動的手
也是剝削的手
禱告的手
也是憤怒的手
拯救的手
也是囚禁的手
希望的手
也是毀滅的手

手心是肉
手背也是肉
痛打兩面都疼痛
即使瘖啞，不能
說出心中的話
手也能表情達意
種族間語言紛雜
無法彼此溝通
手可以促進了解
胸前靈活翻飛的
兩隻蝴蝶
是和平的象徵啊

一九八三年十月

《現代文學》復刊第二二期，一九八四年五月

腳

——手腳兩題之二

脫帽，向足下敬禮

兩腳舉動身軀
每走一步路
都是一記重擊
一整天累積統計
遠超過一千噸重

使用的龐大功能
就爲了讓我們
能夠自由行動
細想，眞不可思議

每隻腳，共有
二十六塊骨骼
三十三個關節
還須韌帶繫住
方能巧妙地結合
記得我們學走路嗎？
一開始，搖擺不定
總是無法平衡
跌倒了又爬起來

矯正一連串的錯誤
然後，腳跟骨
四平八穩放在地面
另外七塊的跗骨
形成了拱狀
相互緊密的契合
又銜接了五塊蹠骨
有的承受重量
其餘就牽引動作
五個腳趾頭
好像發射台
腦指揮說：走
可前可後
可左可右

啊，我們自由了
有時向東
有時向西
有時向南
有時向北
全新的世界
等著我們前往開拓
古老的地球
貼在我們腳底轉動

一九八三年十月
《現代文學》復刊第二二期，一九八四年五月

孕

病子非眞的病
害喜眞的是喜
妻也一樣壞嘴了
常低著頭嘔出
溢滿心裡的歌

婦人身中復有一身
多麼神妙啊
妻的肚量最大
包容了紅嬰
也包容我

《自立晚報》副刊，一九八四年四月四日

人生三部曲

變化莫測如貓的瞳仁
大地的眼睛，炫開
自塔尖逐漸昇起
教堂傳來晨禱的鐘聲

暗色的玻璃窗
顯影城市的風景

臃腫而且虛無
路人，行色匆匆

眾多面具人的世界
其中一張臉
突然裸露崩裂
月亮終於穿過了烏雲

一九八三年
《聯合文學》第一四一期，一九九六年七月

戰火浮生

緣何心聲寂滅
多少的絕望
埋在盼望於歸來
南國的戰火餘燼
征人生死未卜
太平洋戰爭的陰影
仍在內心深處

無聲地進行著
猶是昨天
削下了一頭青絲
三十多年的歲月
就這樣無影無蹤了
那披著黑風衣
穿梭月色的人
走來的是誰？

《詩人坊》第七號，一九八四年一月

兩岸

依時晚餐罷了
急忙丟開了吵雜
還是穿上舊風衣
獨自外出散心去了
油漬的杯盤碗碟
等等讓太太吆喝
孩子們猜拳去洗

穿行於盲腸窄巷
依然昏暗的街燈
轉角地方，依然
堆放著一包包
家庭丟棄的垃圾
隔夜才能清走
待洗的心情
可不容易清理哪
漫步沿河堤而下
棲息的鴨群
瑟縮於岸邊
團圍著取暖

曾經身在彼岸
而今此岸
妳是我的潛影
內心渴望的陰柔
茫然糾纏著的困惑
驚怕妳抬起了
俯在雙膝間
哭泣的眼
而今永遠追蹤我
在我最深的夢裡

河水又漲了
別離的兩岸
霧空茫茫昇起

啊，彼岸的少女
我隔著時間
保存鮮明的記憶

一九八三年十一月十一日
《聯合文學》第一四一期，一九九六年七月

大地

出殯的隊伍
緩緩地走過秋割後的稻田

靈幡與風撞擊
空氣裡溢出
無言的哀傷
嗩吶一路追憶著往昔

生前耕耘的大地
曾經提供了衣食溫飽
現在又收藏了遺體

《中外文學》第二九〇號，一九九六年七月

生命

天邊濃稠的雲霞
將血紅太陽黏釘住
宛然梵谷燃燒的畫
山谷中，一陣陣風起
犁過了雜草湮沒的荒地
盡頭，父親立在那兒
我急速奔跑過去
多年封鎖的往事

一波波，迎面奔湧而來

彷彿就要會面了
卻又隔了段距離
迫不及待，化身
流竄DNA的蛇
游於生命的長河
我迫切地訴說
已婚、已父
並且體會生命更深了
父親只是微笑

啊！意識矇矇矓矓
已知多年的思念
打開了夢中的風景

仍然執意不願醒來
不、願、醒、來、呵
終究不能不離情依依
噙著眼淚，拜別
死去的父親
遙看他在虛空的世界
揮手道別

醒來，看見床邊
搖籃裡的嬰兒
擺動著小手
天眞的容顏
映著朝陽笑開了

《聯合文學》第一四六期，一九九六年十二月

詩與愛

在沒有邊界的地方
在鳥群飛過的空際
超越形體的限制
以微笑面對了生命
龐大而無所不在的陰影
詩在那裡

（有人問詩在那裡？）
病中的我說：
詩在結構複雜的心臟
輸送氧氣、紅白血球
詩在平衡電解質
排解尿毒的腎臟

所有的器官都活生生
自然蠕動不息
我們從不感覺存在
而具體存在了

其實，更抽象
而非可以核算的愛

從來也是無所不在
還用多說嗎？

一九九七年六月二十七日
《台灣日報》副刊，一九九七年十二月二十日

母與子

母子相隔兩地
七十五歲的媽媽病了
兒子心中如火悶燒
五十歲的兒子病了
媽媽恨不得捐出器官
兒子常常祝禱媽媽
平安健康

媽媽希望在兒子之前走完甘苦的人生

《中國時報》「人間副刊」，一九九九年五月六日

受傷的母語

農村環抱著日本宿舍
年輕的婦人，靜靜地
坐在窗邊，輕擁著幼嬰
偶爾凝望綠色的窗外
哼唱輕快的日本兒歌
あ、い、う、え、お等等母音
迴盪於空曠的房間

幼嬰仰起頭來傾聽
心版上有了深刻的回音

太陽越來越紅越大
逐漸逼近了地面
草與樹好像都燃燒起來了
酒暗色的天空
終於將部落整個包攏了
寂寞的氣氛越來越濃

年輕婦人露出飽滿的乳房
哺乳，輕拍幼嬰
唱著歌哄孩子進入夢鄉
許是寂寞或什麼的緣故
調子越來越沉重

最後，竟流淚了
眼淚滴落幼嬰的臉上
幼嬰睜開了眼皮
不解地望著婦人
心中纏結了一團謎

多年以後，捱過風雨
遍歷了人情冷暖
母親的歌聲
忽然隔空傳來
中年兒子終於明白了
台灣歌謠雨夜花
是母親寂寞的心聲

花謝落土不再回

回音盪漾女性的哀怨
也是所有弱者的悲嘆
所有的母音都是一樣
從來被支配的人們
運用兩種不同的語言
交織了人生雙重的旋律
我們的母語
仍然哀傷
我們的女性
更要用心疼惜
我們的男性
要有宛如女性的心情

深深體會著我們母親的命運

《聯合文學》第一五一期，一九九七年五月

【跋】渴光的靈魂

——閱讀林梵《青春山河》

楊翠

學者林瑞明病體纏身，奮力在字語推擠的海域中，打撈遺落已久的詩人林梵上岸。《青春山河》是詩人林梵與學者林瑞明在分道多年後，首度攜手合作的生命之書。

我所認識的學者林瑞明，安靜、耐於寂寞，日復一日獨守案前，任憑研究室的書籍如異形一般，爬滿四方牆壁、竄入地面、蔓向天花板，所有那些書本中的字語符號，將學者林瑞明層層綑綁。他經年累月，循走相同的路徑，匍匐相同的姿勢，用那些字語符號，安安靜靜建造了一個隸屬於學術的國度。

然而，詩人林梵卻沒那麼安靜，他是多血質的，他熱愛生命，渴求陽光，戀慕青春，而且企盼騷動。詩人林梵的血管裡，所有的血液分子，都執著地朝向詩與愛的烏托邦國度，朝向光的方位，奔流。

所以《青春山河》確是林梵的生命之書，我們讀見的是他血液奔流的姿態、節奏與聲音，他的詩語沒有華麗矯情的修辭，所有暢快淋漓的、純真浪漫的、孤絕荒寒的、苦悶鬱結的，所有生命中的光與影，林梵都毫不掩飾。

詩人年輕時即以「梵」為名，似乎發願此生將追隨佛音，清靜持心，將自己引渡彼岸，然而，好朋友都知道，詩人林梵可以論佛經、說哲理，但他對彼岸救贖沒有太大的仰望。他此生的宿命，正是強烈的人間性。

因為無法、也不願揚棄的人間性，因為對愛與生命的熱情，或者說是頑冥不化也好，詩人林梵不曾想將自己引渡到無憂無喜、無慾無求的精神彼岸，他選擇在現實的此岸，在七情六慾的海域中，以多血質的生命體質，心甘情願浮沉其間。

林梵的詩作，因而不是梵唱清音，而是生之歌吟。《青春山河》的主題，幾乎都扣緊了最真摯的人間性，包括親情的親密與眷懷、愛情的戀慕與渴求、青春的失落與顧盼、生活的喜悅與苦悶、性的慾念與歡愉，即便是書寫歷史光影與土地顯影，也都疊合著愛與生命的思索。如果月華無影，天空必將失色幾分；對詩人而言，人身難得，人間塗寫了各色光影，喜樂固然亮麗，痛苦也會綻放出最飽滿的色澤，他或許寧可痛苦拖磨，甘願行走人間。

《青春山河》中最鮮明的人間性，體現在詩人對人間有情的感知與慾求，每一個字語都誠實而真摯。〈台灣俳句——給舒伯特〉，以舒伯特的音符，擬喻詩人的詩語，兩者的吟唱，都是靈魂的獨白，時而自由飛翔，時而苦悶嘆息。熱愛生命、渴求愛情，是詩人此生永遠的羈戀，如果棄絕了愛情的想像，感受不到苦痛，生命就失去了能量：

舒伯特的愛與苦悶
化身風的姿容
響動千曲生命之歌

寧可驚天動地，寧可痛澈心扉，生命之歌的抑揚頓挫，高昂與低抑，交替出千曲百調，彷彿有了一千種人生。如是，舒伯特與林梵，他們的愛情與哀傷，婉轉相隨，喜苦交替，纏繞一生：

當我想歌唱愛情時，轉向悲哀

當我想歌唱悲傷，又轉變成愛
舒伯特的音樂如是反覆吟唱

如此千曲百調，起伏反覆，在〈純粹的聲音〉中也可以讀見。這首由十六個段落組成的長詩，如同以十六個樂章譜寫的交響樂，取用各種自然與人間的聲韻，無論是大海、夏蟬、山谷清風或草原野花，都化變成詩人內在的生命之歌。這些歌調，有的是純美喜樂：

雲與青山遊戲
水與石頭說個不停
蟲、鳥都盡情鳴叫
大地之母溢滿了生機
催促野地的花醒來
迎風歡呼愛與生命

有的是情慾歡暢：

一大片的草原，銜接
遠天的白雲青空
不同種類的野花
盡情綻放生殖器官
於風中搖蕩生命
色彩豐饒的交響樂

大地之母與生殖器官，兩種肉身，演繹出生之歡愉的兩種姿態。純粹的聲音，當然也有慾望迷狂，或者孤獨絕望。愈是熱愛生命，愈是無法靜觀冷眼，失落感與幻滅感也就如影隨形；詩人筆下的宇宙人間，無論曾經多麼稠密，經歷過何等驚爆與撞擊，最終仍是一片漫漫荒原，星系相互飛離，星球盡皆死寂，愛的信念終成殘影：

懷著探索慾望的野性
終於飛往太空深處
從百年之眠中甦醒

還是迎向一群又一群
死寂荒涼的星球
加深了人的絕望與孤獨

無限大密度的無限小奇點
灼熱而稠密，不可思議
剎那之剎那間大霹靂驚爆
時空膨脹，創生一百五十億年
星系相互飛離的宇宙
啊！猶原是泡影夢幻

這個世界，既是如此荒寒死寂，卻又充塞著雜音喧嚷，如是之故，林梵內在的生命之歌，有時難免虛無空茫。即便如此，詩人終究還能以詩，堅定維持了他對愛與生命的一貫信仰：

時間，揮動著鞭子

狠狠抽痛了歷史
處身鐃舌多雜音的世界
詩人艱辛萬苦
捕捉了語言的意義，企圖
抓緊生命不被流失

林梵的詩作，自然意象飽滿，他熱衷於書寫自然，所以「山河」處處。然而，林梵的自然書寫，不是知識系統的鋪排拼貼，也不是地景地誌的白描，而是他自身心靈地圖的映影。〈台灣俳句〉中，鳳凰樹以極致狂美，鐫寫死亡的姿勢，映襯出林梵率真的人間性：

成群的鳳凰樹
以瀕臨死亡的姿勢
燃燒最後的一把火

即使生的終站即是死亡，花開就已為花落埋下伏筆，然而，在多血質的詩人林梵看來，活著，就用力活著，是花，就用力開花，最美麗莫過於此。

〈樹的風貌〉中，每種花樹都有它的生命姿態。櫻花即開即落，率性純美；刺桐恣情燃燒，放肆青春；菩提樹心葉悠然，老幹抽新芽；洋紫荊如羊蹄奔馳，散播春意；木棉樹的愛情，隱密而又灼熱；金龜樹的葉片搖盪青春，身軀卻遍歷風霜；阿勃勒喚醒鄉愁，牽引遊子歸返。對詩人而言，花開花落是生命的輕嘆，風吹雲動如生命的生滅，而無論月與雲如何爭辯內與外，對詩人而言，月亮恆常都在心中。銀合歡以綠意讓苦地有了生機，木麻黃以裸露骨節抵禦寒風，扎根鹽地，守護海岸線，林梵取用它們對土地的堅貞，向台灣民主化運動的實踐者致敬。

林梵藉由樹的生命姿容，喻寫自己的生命容顏，每一個存在的當下，都同時含蓄著艱苦與喜樂，光照與暗影，生命正因有各種紋路縱橫錯雜，才教人難以捨棄，這就是林梵無可救藥、卻又動人至深的人間性。

如此看來，《青春山河》的關鍵詞，無疑就是詩、愛、青春與生命。詩與愛，是詩人砌築的兩座香格里拉；生命與青春，則是建造它們的基石。林梵寫愛情，無論歡愉或苦悶，都誠實真摯。〈貓羅溪洗衣的婦女〉既是寫婦女洗衣，也是寫初婚的情愛歡愉：

我在一旁，逗弄
潛游水裡的小魚蝦
偶爾伊回頭給我
會心的微笑
有時，我偷偷望著
伊的側影
回想我們的初遇
如何彼此約定
陪伴著過一生

〈妻〉一詩則更直接以清純、勤勞與委屈，繪寫妻子在初婚時的生命圖象，以及詩人的情慾歡暢：

妻

字典的解釋

齊也，與夫齊體
我們歡愛
婚後太太釋放肉體
儘量配合我的需要
我讚嘆伊的委屈

詩人的愛慾，天真純粹，初婚的心靈與肉身都飽滿歡愉，暢快淋漓。然而，初婚之喜如流星閃掠，夫婦是此生永遠的功課；中年以後，夫婦成為緊密貼靠卻又相互飛離的星系，生活的疲憊替換了初婚的歡愉，如林梵〈台灣俳句——夫婦〉中所寫：

婚姻是一條細仙繩
從此天人兩人三腳
行走人生的窄路
……
背對著背入睡

各自反芻昔日美景
彼此有不被佔領的夢

昔時凝眸微笑，約定此生，如今背對著背，守護自己的夢；林梵寫的是婚姻的共相。以時間釀製後，婚姻總是發酵成苦酒，難以入喉。所以林梵並沒有寫出多麼獨特的夫婦經，然而，誠實，即是他詩語中最純粹的聲音。

林梵是一個詩人，他應該慶幸。詩人有權利誠實書寫愛慾，無論是想像中的彼岸之女，抑或是早已流遍五臟六腑的原初之愛。彼岸之女，是詩人在現實中的愛戀投射，卻也是虛擬時空中的烏托邦國度：

曾經身在彼岸
而今此岸
妳是我的潛影
內心渴望的陰柔
茫然糾纏著的困惑

驚怕妳抬起了
俯在雙膝間
哭泣的眼
而今永遠追蹤我
在我最深的夢裡

河水又漲了
別離的兩岸
霧空茫茫昇起
啊，彼岸的少女
我隔著時間
保存鮮明的記憶

正因離別兩岸，所以彼岸之女才得以取消時間，跨界空間，成為詩人永恆的潛影，夜夜追蹤詩人的夢境，一旦彼岸之女安居此岸，恐怕也終將與詩人背對著背，保守自己的夢不被佔領吧。因此，岸是必要的，離別是必要的，錯身而過是必要的，所以時間才能停格，記憶才得以保鮮。

彼岸之女是詩人的愛戀烏托邦，即使哭泣都是純美的極致。然而，林梵最經典的人間性，其實不是體現在這樣的純美語境中，反而是在光與影、表與裡、虛與實、受苦與歡愉的兩極之間，以高度反差性，撐開一個至大無外、至小無內，既是沒有邊界的廣袤之域、亦是纖細顯微的間隙之間隙，在這裡，詩與愛都仍固執地流淌在詩人的血管裡：

在沒有邊界的地方
在鳥群飛過的空際
超越形體的限制
以微笑面對了生命
龐大而無所不在的陰影
詩在那裡

（有人問詩在那裡？）

病中的我說：
詩在結構複雜的心臟
輸送氧氣、紅白血球
詩在平衡電解質
排解尿毒的腎臟

所有的器官都活生生
自然蠕動不息
我們從不感覺存在
而具體存在了

其實，更抽象
而非可以核算的愛
從來也是無所不在
還用多說嗎？

正是如此，詩與愛，青春與生命，是林梵詩語的關鍵詞，也是他人生的關鍵詞。他既寫愛情，更不斷演繹父子親情，不捨父親遠離人間，感知父子生命容顏的疊合，在夢中，死去的父親愈見年輕，而兒子卻愈來愈像老去的父親。父子血管裡流淌的血液，因為愛，交混融容，跨越了生與死的疆界。

他寫宗教、歷史、自然，都指向人間情意。他書寫歷史光影，其實是在寫自身生命的光影，即使走在世界歷史遺跡中，古希臘神殿、龐貝古城，他所閱讀的，都不僅是死去的遺跡，而是生命曾經美麗過的魂體。

誠實率真，熱愛生命，抱持著對詩與愛的永恆追索，林梵詩中的人間性，隨著生命路徑的起伏，光影交疊，映襯出多層次的姿容。中年之後，詩人林梵馱負著學者林瑞明的生命重量，詩語的確添寫不少暗色調，然而，暗色，是林梵對生活的誠實，渴光，則是林梵生命的本質。

詩人林梵，終將持續以渴光的靈魂，跨越邊界的邊界，穿透間隙的間隙，追索永恆的彼岸之女，引渡詩與愛的烏托邦國度。

二〇〇九年六月五日

【附錄一】

台灣象徵主義文學的標竿

——試介林梵的新詩

宋澤萊

一、時代、文壇及才情

戰後的台灣，從五〇年代到六〇年代，白色恐怖一直影響著台灣文壇的新路向。為了逃避政治檢查及反應外省人遷徙流離、衰亡覆滅的歷史經驗，紀弦一派的詩人率先引進了一個世紀之前，流行在歐洲法國文壇的「象徵主義」；並聲明同時也引進象徵主義以降的各種主義，一律稱之為「現代主義」。也即是以象徵主義做為現代主義之首，當做現代文學的開路先鋒，象徵主義在外省人文學中的重要性由此可見。

由於外省人在當時控有整個台灣文壇，抱持這種主張的人亦不在少數，象徵主義的文學立即大量地被介紹進台灣，波特萊爾、韓波、愛倫坡的詩文乃至日本的芥川龍之介的象徵小說頗受文壇重視，一種頹廢的、憂鬱的卻頗帶美感的文風擴散在文壇，終於波及了不少的本省青年作家。

對於大半的本省青年，六〇年代或七〇年代，象徵主義其實是難以被他們體會的。六〇年代台灣已推展了以加工業為主的產業政策，龐大的年輕人口由農村流向都市，正告別困苦的昨日迎向似乎是充滿希望的明日，青年人有一種樂觀的氣息。民間流行著文夏、陳芬蘭略帶進行曲味道的歌謠，本省的青年理應沒有寫作象徵主義詩文的可能。

可是，文學的創作並不總是和經濟發展相一致。那時，台灣的文化氣息嚴重地籠罩在外省人極其衰敗、頹廢、憂鬱的氛圍中，鄉土文學仍未躍出檯面，文藝青年只能跟隨文壇主流而走，我們看到那時本省人第二代作家陳若曦、陳映真、七等生乃至李喬的小說都烙上了極深的象徵色彩，這股象徵風潮也波及了第三代作家。林梵即是第三代作家受象徵主義影響最深遠的，迄一九九七年為止，他的詩作百分之八十以上都是象徵主義詩。

可是，時代與文壇環境是會改變的。如上已述，台灣在六〇年代推動了加工產業政策，青年由農村進入都市，在客觀上造就了工業寫實文學發展的條件，終於在一九七七年爆發了「鄉土文學論戰」，現實主義的鄉土文學取代了頹廢的外省人文學主導權，這股風潮甚大，身為本省人子弟的林梵不可能不改變，這時他寫了寫實主義的詩作。

一九七九年，美麗島事件跟著發生，衝擊力更大，林梵在受影響下，轉向史詩寫作，從歷史的素材中提煉堅強的台灣意識，他的詩又有變化。

一九九七年，他意外罹患了腎衰竭的病，幾乎奪去他的生命，為了抒發病中心情，他轉向歌讚大自然美景及生命的實在，向著浪漫主義的路線而去，他又有新作。

凡此種種，皆少為人知，一般人都把林梵看成是賴和的研究專家；也即是台灣文學研究者「林瑞明」的名氣要比詩人「林梵」有名多了。可是，這可能是不公平的。在台灣，沒有哪個人的象徵主義詩作能和林梵相比，不但質好且量大；就史詩而言，他四百多行的〈國姓爺〉也獨步文壇，沒有人能在質地行數上超過他。他其實是台灣象徵主義的標竿，已構築了一座參天巨木圍繞的象徵主義城堡，凡此當然也是鮮少人知。

要估量他這方面及其他方面的成就，我們必須把他所出版的及發表的作品先表列出來，再分類敘述：

①一九七六年一月《失落的海》（本詩集收錄了高中、大學時期到一九七六年為止的重要詩作）
②一九八五年七月《流轉》（本詩集收錄一九七六～一九八三年發表的重要詩作）
③一九八五年八月《未名事件》（本詩集收錄一九七六～一九八三年發表的重要詩作）
④一九八三～一九九七年（發表於報章雜誌尚未出版的詩作）

二、象徵主義的前期

林梵的象徵主義詩作貫串了他整個寫詩的過程，就是現在他偶爾也會寫象徵詩。不過最頻繁的階段應是在一九八三年之前，時間約在十五年以上。因此必須分成前後期來看。前期是一種基本（典型），敘述他個人神祕而隱諱的觀念；後期則是朝向古蹟、歷史事件的書寫。

那麼，何謂象徵主義呢？

象徵主義是法國一個有名的文派。大約在一八五五年，首由波特萊爾的詩被型塑而成。到了一八八〇年，形成一股洶湧的文藝運動。一八八〇年有一群年輕人結合在一起，辦了一份叫做*Le Decadent*的詩刊，他們自稱是象徵主義者。

前驅波特萊爾認為，詩應是一種訴諸於我們的靈魂，穿過生硬的觀念、情感，以精神的流暢，以高壓的巨川方式，將那些素材變形使之「神祕化」。所謂的神祕化當然就是向著形而上、難以言傳的境界做轉化。一般而言，象徵詩人的創作方法是訴諸於可見的視覺萬象和不可見的音樂感，從而傳達他們的冥想和玄想。整個大自然在象徵主義者的眼光中無非就是一種徵候，它象徵我們的存在、命運、誕生、結局，我們不該明寫現實之貌，反應該使萬象隱晦或朦朧，使之成為一種暗示。

我們再總括其兩大特點：

①神祕性：即是其描述的萬象不是充足陽光下的清晰精細，而是罩上一層朦朧類如黃昏、月夜乃至黑夜的萬象，帶著如夢如幻的色調。它不怕晦暗難明，因為它就是晦暗難明的。

②暗示性：詩人不明指他寫什麼，而是容許讀者去揣測他在寫什麼。詩人描述的萬象都是一種暗示。

從法國當時的歷史背景來看，象徵主義的崛起有其合理性。自一八四八年法國第三次大革命之後，工人階級日益壯大，要求參政權的呼聲響遍國內，寫實主義的文學正由巴爾札克的中產階級寫實逐漸轉入左拉的自然主義寫實，法國的貴族早就沒落不堪，雖然貴族曾提倡巴拿斯派的文藝可以娛情悅性，但難抵內在的腐敗空虛。因此部分貴族開始描寫衰落的一面，形成象徵詩派。觀乎象徵詩人如果不是典型的退化貴族（如維利埃、黎拉丹），就是過著貴族式生活的流浪人（如波特萊爾、馬拉梅、魏崙、韓波），當然也有少部分崇仰新世界誕生的小市民。但不管如何，他們對現實世界是厭惡的，無一不是側身在一個頹敗的、荒廢的內在世界中靠著黑暗之美來求取一點點安慰。逃避現狀是他們共同的傾向。

林梵的出身當然不是台灣的貴族，他只是一個公務員的兒子。但並不是說公務員的兒子就不可能寫象徵詩，主導寫作傾向的因素還在於他對世界的感覺，如果他的感覺一如象徵派的詩人，他早晚還是要寫出象徵詩的。同時台南古都是他的成長背景，歲月的痕跡攀爬在各種景觀上，許多眼前的景物有其更渺遠的意義，眼前的物象可能不只是實用而已，而是帶著一種無以名之的神祕和暗示，缺乏感覺的人或者不易瞧出其中奧義；但對於易感的詩人而言，洞悉其奧義並非難事。林梵所以成為象徵詩人概亦有其合理性。

從文字來研究，法國的象徵詩作常出現的字眼有：一、黃昏、夕陽、古寺、廢墟、螢火、秋月、霜雪、太古、傳說、流亡、放逐、漂泊，二、血污、死亡、墳墓、蛆蟲、屍體、鬼魂、兇殺、預兆、讖言、符咒、地獄、酷刑……。第一組的字眼比較浪漫有活力，詩文籠罩在一層類如黃昏的色調中，譬如魏崙的詩即是。第二組的字眼比較幽深、凝肅，色調有如黑夜，比如波特萊爾即是。不過不是判然可分的。

林梵的象徵詩的字眼亦多半是這一類的。包括鬼神、太初、宇宙、冬霜、風雪、夜雨、落日、夕陽、囚禁、永恆、洪荒、月光、銅環、銅鏡、苔痕、蘆葦、輓歌、石階、寺廟、血、哭泣、墓碑、神話、黑夜、霧、占卜、陰影、骷髏、死亡、水燈、祭典、年輪、黑色、輪迴、幽冥、憂鬱、海潮、古巷、幽魂、黑貓、烏鴉……。這些字眼一出現就顯露出一種黃昏或黑夜的色調，也是生命界裡頽圮異滅的景象，它一方面具備了神祕感，一方面則暗示整個生命界的過程。

大抵看來，在他象徵主義的前期裡，詩是被他用來呈露他的宇宙觀、自然觀、生命觀及愛情觀。當時林梵還是一位青年學生。在這個人生的階段裡，這些觀念正逐漸形成，他的詩變成一種型塑他的觀念的器具，在詩中他既探索也拓展，既指陳也辯證。總之，他不停經營這些觀念，企圖找出一個生命的基盤，以之可以安身立命。

因之，我們看林梵詩中所使用的字眼，絕非單純只是一般人所理解的字眼，那些字眼超越了一般的定義，暗示了他背後隱藏的觀念。為此，在我們唸他的詩之前，就必須瞭解他隱藏在文字背後的觀念，如此才不致產生太大的誤讀。那麼，什麼是被林梵隱藏的「觀念」呢？

①時間及空間觀念：也即是宇宙觀。這是最重要的觀念。時間在林梵的詩中並不僅是我們一般人所理解的一分一秒實際用途的時間。它被指涉為一種萬物生滅的動力，也是一種無法回頭的命運。它如一條長河，我們只能見其不斷流逝，無法挽回。它支配了生命界的誕生、駐留、朽壞、死亡。空間有時被解釋成無窮的空曠，但更多的是，它被當成是填充了白雪、山脈、雲層、星體、河川、草木的空間。也就是說他的空間通常不像虛無主義者所認為的是空空如也的存在，它比較有物理性，是填充了實存物。並且那些實存物有時靜止，有時是流動變化的。於是空間即成萬物演出的舞台，於其中或者千水無語，或者群山奔騰。

②自然觀：所謂自然，即是我們眼前所見的山川、風雨、河海……等等。他的自然比較不像我們一般人常見的小幅加框的自然，它是大塊面積的圖景，有時沉靜無比，但更多時候是迅速變幻的，就像流動性很高的那種潑墨山水一樣，他筆下的自然即使沉靜也是十分有氣勢的。我們如果君臨大自然之上加以俯瞰，則群山萬里連綿不絕，如果居於其下，則雲山相接，萬峰矗立，使人暗感自然之偉岸，頓覺人類之渺小。

他的自然觀必須連繫空間觀來看，大自然才是空間的主體，是演出的主要角色；人沒有重要性，只是邊緣。

③生命觀：也即是人生觀或人類觀。由於時空無窮無盡，因此人的存在並不顯目。通常人不過是宇宙或大自然的一小點，在時間法則下，生生死死，只服膺於宇宙的此一法則。乍看之下人是宿命、不起眼的。但異於一般悲觀論者，林梵用了一個「輪迴觀」來挽回人生（人類）太過渺小的悲劇。他眼中的生命是不會終止的，和太古一樣地久遠，是一再輪迴不停的。於是人的存在變成一種不滅論，任何的生命都烙上無窮時空的烙印，生命成了無比古老的東西，與宇宙同壽了。

④愛情觀：異於當代人那種喧囂的愛情觀。男女之間的愛情也被納入無窮的時空來看，成了一種點狀的演出；可是有時也被視為如同海一般的沉默和深邃。最令人驚訝的，它也必須連繫輪迴觀來看。在林梵的眼中，今世的情人亦即前世的情人，每一個此世的愛情在前世就已發生過了。

就上述四種觀念來看。我們即可瞭解他早期的詩的二個文化傾向：首先，他的詩不是人本主義的。我們注意到早期他的詩不以人為中心的特殊寫作風格，和六〇年代、七〇年代那種現代主義的人本詩大異其趣。無論如何，台灣流行的現代詩是十分人類英雄論的詩，大聲喧嚷人的重要性，極力吐露人的慧黠和情緒，不論是寫實主義的、虛無主義的、存在主義的、意識流的、超現實的，人都是作品的寫作唯一對象，人是宇宙的中心。林梵的詩卻獨脫這個風潮之外。他的非人本主義觀念，甚至和日據時代以來台灣新文藝潮流大異其趣。可是這並不即是說林梵的詩不切合時需。我們知道非人本主義的思潮淵源流長，比人本主義的思潮要長遠數倍之久。中國的道家思想就不是人本主義，它的「道」才是宇宙的動力。佛教也非人本主義，它的「無我」精神企圖把人從宇宙中消除，免除一切痛苦。基督教也非人本主義，人只是上帝所造，一切創造皆是神的事功，神乃萬能，人是無能的。到了近代的科學主義：機械宇宙觀、生物進化觀；乃至哲學上的結構主義、解構主義都不是人本主義。非人本主義的信仰者其實比人本主義者多，即使表面上信仰人本主義的人，說不定內在也有同意非人本主義的時候。這個世界到處都是宗教信徒，到處是求神問卜的人，到處都是想尋求靈魂解脫的人，林梵的觀念並不孤單。加以他的詩（尤其情詩）被鍍上一層前世輪迴的美感，加深了神祕性，那種愛情的恆久和神聖感真的很迷人，林梵不怕找不到共鳴的讀者。其次，林梵的詩是一種東方主義：在他的筆下，大風景畫面很像中國的山水畫，人被融入了山水之中，成為點的陪襯。至於輪迴觀則是印度思想的一部分，這種觀念是反虛無主義的觀念，人的存在成為一種安詳。而愛情既不是一種追逐亦非一種激情，它是寧靜的一種意境了。

底下我們選出幾首他前期的詩，好讓讀者品味其中的奧妙：

〈第四空間（一）〉（時間觀，《失落的海》，頁二〇）

十二個數字圍成一個圈圈
齒輪的世界自成一個天地
光陰一波波的推動
勤快的秒針磨轉
牽動著的長短針
安於被囚的命運
太陽慢慢的一步步
行向宿命的墳場

歷經風霜的老人咬著煙斗
默默的望著遠方

〈世界（二）〉（時空觀，《失落的海》，頁二二）

時間流動
投影於
無形重疊的
空間
Atlas朝朝夕夕
肩舉
生命的舞台
打轉

〈景象〉（自然觀，《失落的海》，頁一五〇）

青青的草大地的綠髮
靜靜的夏日水中的花
亭亭荷葉翻動的雲影
脈脈含情植物園午后

太陽緩緩的沉下
月亮昇起水色餘波
遠遠傳來無常的鐘聲
一閃即過宿命的幻影

野火燒盡樹林
黑鴿棲宿殘樹枯枝
枯枝展開枯瘦的千手

祈向天空無窮的星星
一張寂寂的落葉
打從眼前無聲的飄落

〈循環的景觀〉（自然觀，《失落的海》，頁二〇七～二〇八）

閃電撕開了
天空的胸腔
光之匕首
懸空刺來
千條的火花
閃映
崩裂的臉

雷雨的傾擊
交加風險
變天
如初

強勁奔放
深邃的精神
律動顫怖地美
其后，靜靜
高懸天頂
群星
零亂的
秩序，恆常
結構成整齊
之美

於焉眾生
敬畏生命
如神

閃爍的意象
永恆的詩
萬物流動
於我

海天極處
即有我
久經洗練的
臉

自地平線
昇起

〈生之過程〉（生命觀，《失落的海》，頁一五二）

露身

空無一物

龜裂的大地

我們是被無情

追逐的獵物

突竄

突竄

突竄

突竄

終無一物

可以障蔽

我們空虛的軀體
聽見
時間擦身而過的
響聲嗎？
追逐我們
進入絕境

〈意象〉（愛情觀，《失落的海》，頁九二）

古典的燈映照水燈
乃有蒼涼的古意迎面襲來
也許是久久的前生吧
我就在岸邊等妳

終於月亮挾著千燈隱退
一日一日一年一年年
一世紀一世紀消逝如水
而妳仍然久久不來

待妳輕輕的撩起長長的裙
從拱橋的那端緩緩的走來
心知所有的等待皆非虛度
百合花開的笑了
我們划船到對岸去吧　妳說
清清的江水映著滿滿的月

〈輪迴〉（愛情觀，《失落的海》，頁九四）

千年前我歌
千年後我來
淨身時間的長流
我是純潔無辜的裸蓮

星移斗轉盡吸日月精華
天河臨照流動的水燈
燃亮我喜悅的夢
早已早已忍不住盼望還化

情人的允諾是甜美的負擔
安渡了百年千年
爲什麼臨醒還緣的一刻
竟是如此如此的漫長難挨？

看到了陌生而又熟稔的我
姑娘，記得不朽的神話嗎？

三、象徵主義後期

一九七七年後，林梵進入了象徵主義的後期。導致這種轉變的最大原因是他年齡的增長和台灣社會的演變。此時他已大學畢業了，年紀的增加，使他有能力認知現實和歷史。同時一九七七年鄉土文學論戰爆發了，主張現實主義文學路線的王拓一派在論戰中勝利了，鄉土文學成為文壇主流。做為一個鄉土的子弟，他有必要調整筆調去支持這個潮流；接著一九七九年美麗島事件也爆發了，台灣面臨國體改造的問題，他更能看清台灣的歷史問題，他有必要呼應這個壯闊的歷史浪潮。因此自一九七六年後，他寫作一些寫實的詩外，他的象徵主義開始放棄隱晦的暗示，一如後期一些法國象徵主義詩人，走入了中古歷史的事蹟中，把古蹟和史事納入他的詩中，一直到一九八一年才略停這類的創作。

在三、四年之間，他寫了〈土地公〉、〈城隍爺〉、〈媽祖婆〉、〈孔廟〉、〈古刹〉、〈寧靖王故居〉、〈國姓爺〉這些古蹟、史實的詩，收穫頗豐。尤其是一九八〇年八月登出的〈國姓爺〉一詩，壯闊無比，長達四百二十行，此是台灣少見的史詩。這首詩先寫鄭成功艦旗飄飄，跨海征台，熱蘭遮之戰，慘烈無比；再回述攻打南京一役潰敗而決心到台灣的事；再寫抵台後的政教佈置、撫番屯田；再寫眺望故國及父親被殺的悲憤；最後則是詩人的感懷。林梵要我們記取國姓爺的精神，要反抗強權、要忍受鍛鍊，台灣的命運本來就是艱苦的，外力常把台灣的面目加以扭曲，台灣人唯有以血淚鑄成永不屈服的台灣史，方能湧現一個血色鮮亮的黎明。這首詩出現了一種十分堅決的台灣意識（獨立意志），它不是浪漫的，而是使用了象徵派的字眼，血戰煙硝、大塊風景縱橫全詩，意象鮮活有力。做為一個長年寫作象徵詩的人，這才是詩藝的高峰。

我們試看其中一段激烈戰況的描寫，以明他的史詩之妙：

〈國姓爺〉（《未名事件》，頁五五）

……

……

大明永曆十五年，一六六一
四月三十，晨有濃霧
風的梳子梳動海的黑髮
國姓爺昂然整領大軍
艦隊四百，甲兵兩萬五
騎著洶湧的大海
挾持海上的榮譽和恐怖
打從彼岸匆匆奔騰而來
鯤鯓外海，鹿耳門一帶
向來安寧如鏡

感應了歷史風潮
一時聳起高漲
即使潮水都來接迎
萬里江山劫餘底孤臣
狹小的港灣，湧入
艨艟巨艦，桅檣
高高豎起海平面
好似突然移進了
一座光禿禿的森林
令掌握海上霸權
屢屢向東方，伸展
侵略之手的荷蘭守軍
茫茫相視，驚從天來
天佑吾皇，天佑吾民

國姓爺挺立帥艦
揮劍喝聲傳下攻擊令
視吾鷁首所向
緊緊跟上前來
於是舟師鼓譟雷動
大龍熕接連發射火炮
火箭嗖嗖穿天飛行
熾熱了起來，煙影
清冷的空氣，頓時
搖晃，火光染紅了雲空
衝破迅即又再合攏的濃霧
每一狂勇的兵丁
充滿了嗜血的慾望
一波又一波，向前猛衝

踏過前面倒下的屍身
強行湧上北線尾
穩固了灘頭，擺佈
銳利的攻擊態勢
暴風雨般的亂箭
硬是橫將天空遮黑
頑據陣地的紅毛守軍
連連驚慌丟下了來復槍
四下逃竄，宛若先前
狩獵的受驚野鹿
國姓爺大軍步步挺進
深入早年鄉親逃荒出海
拚命求生存的地方
福爾摩莎，我們上岸來了

就絕不再輕易撤離
即使熱蘭遮城堡堅硬如鐵
我們必要攻佔
設若堅持抗拒不投降
屠殺全城血成河
割斷一切海上的外援
屯兵圍城整三季
向來誇耀無敵的紅夷
終不得不高揚白旗
接受獻城而降的條件
久遭壓制的地方父老
開放歡欣的笑臉
急急奔走相告
出頭天的大好消息

這是我們漢家
千古輝耀歷史的榮光
福爾摩莎，美麗島
充滿了新希望
……
……

四、寫實主義時期

如前所述，一九七七年後，林梵受鄉土文學論戰及美麗島事件影響，他開始寫作了寫實一派的詩，算是象徵主義之外的新闢領域。雖說是新園地，但也一寫就無法停止，到如今已屆二十年。這麼漫長的寫實過程不可能毫無變化，因此他的寫實詩風也必須分兩期來看。

前期大約在一九七七年至一九八二年之間，他寫了一系列以鄉土文化界老者為題材的詩，都是當代人物，既是歷史的，也是寫實的。人物包括楊逵、塚本照和、鍾理和……，是借著這些人來反應這個時代；他甚至寫了大和樓（辜顯榮家族的鹿港民俗文物館），目的不在陳述辜家事蹟，而是直斥其出賣台灣人民的罪行。我們試看一首描述楊逵一生行誼的詩，以明林梵鄉土寫實的旨趣：

〈花園之歌〉（《未名事件》，頁一四七～一五〇）

紅、黃太陽花爭相抽長
滿綠園比到底誰美
孤挺花枝枝火紅
挺拔風中飛揚
安寧溫馨的朵朵小白菊
羞羞怯怯，輕綻
笑靨，風動人情
山茶花楚楚可憐
遠勝城裡的牡丹盆景

我們歡欣鼓舞
只是鐵蒺藜猖狂生長
佔據任一肥美的地方
我們時時勞動
使力連根拔除
每一小小花朵，張
開，每一眼睛
看著我們每天往來挑水
我們奮力掌握鐵鍬
扒開每一寸乾燥的泥土
每一下鋤都挖出
亙古恆新的希望
辛勤種下新季的植物

花園一角自動灌溉系統
飛旋陣陣人造雨
不斷地歌唱
人工彩虹，反映
我們工作的喜悅
我們從不寂寞
並且內心一逕感應
快樂泉湧
直到太陽被時間放逐
眷戀花園離去
我們仍工作不息
仍然雙肩挑水澆花
終於，池塘映照星光點點
抬頭，月娘天頂笑顏開展

收工回寮，我們
深深相信，豐美的來年
將有一枚一枚的蝴蝶
滿園舞動春天

到了一九八二年後，林梵的詩愈來愈寫實，台灣意識愈來愈強烈，是為寫實主義的後期。一九八三年，他寫了一系列感謝妻子的詩是生活寫實，又發表了〈盆栽〉、〈鹽〉，用來鼓勵台灣刻苦不屈的命運，類近了新即物主義寫實；一九八五年發表的〈囚〉、〈銀合歡與木麻黃〉是為繫身於牢獄中的美麗島人士而寫，算是政治寫實。這些詩把他的寫實主義詩帶向了一個高度，不同於象徵主義，十分地流暢、易懂，看得出即使單一寫實的才華，他仍能在台灣詩壇佔有一席之地。我們試看幾首佳作：

〈盆栽〉（《笠》，一一八期，一九八三年十二月）

即使只給我
一握的泥土
我的根
在有限的天地
盤紮，吸收養分
我的莖
奮力抬高、生長
我的葉
光合作用不懈
即使修剪我
我仍不服
在坎坷的命運中
爭取生存的條件

隨即拚命吐出
新的葉片
仍然有繁盛的姿容
氣象蓬勃
仍然像我山中的兄弟

即使扭曲我
我仍不死
在逆境中表現
旺盛的生命力
軀幹儘管矮小
粗糙的樹皮
仍然具有野性美
風格豪邁
仍然像我山中的兄弟

〈銀合歡與木麻黃——給默默推動民主的無名人士〉

山裡再貧瘠的土地
只要先種下銀合歡
它就發芽生根茁長
改善周圍的土質
鳥或者風，無意間
帶來的種籽
慢慢形成一片綠意
竹林也跟著繁衍
苦地於是有了生機

海濱不起眼的木麻黃

（《台灣文藝》八五期，一九八三年十一月十五日）

海濱不起眼的木麻黃
在惡劣的條件下生存
挺身，以裸露的骨節
抵抗強勁的海風
深入的根，緊緊
抓住土壤不被流失
日夜守護著海岸線
即使有鹽分，新生地
農民也可以播種收成

五、向著浪漫主義的時期

不知不覺中，林梵走過了他半生三十年以上的詩的路途，在一九九七年，他四十七歲的這一年，意外的罹患了腎衰竭的病。導致這個嚴重疾病的原因，是由於他太過熱衷賴和的研究；長達十年，他如同自我囚禁一般，在研究室日以繼夜苦讀資料，使他的血壓急劇上升。另一方面則是他對自己不善照顧，對自己的身體健康也太過自負所致。結果腦血管沒出問題，卻在腎臟的微血管出了毛病。這場病幾乎奪去了他的生命。大病一場後，他的研究工作必須終止下來，最重要的是他必須在生活態度上做一番調整。這種調整帶來他的另一種詩風。

病，似乎使他又回到年輕時代的東方主義的世界中去了，他原本有的優美的宇宙觀、自然觀、生命觀、愛情觀彷彿在不知不覺中又被召喚回來了。尤其是對大自然的關愛和喜悅特別明顯。不過他減低了象徵主義的字眼，改採明亮、鮮活的字來描述大自然，也就是他的自然不再是象徵主義時期那種觀念性的、潑墨性的自然，而是眼中實際存在的自然，帶了一種歌頌、禮讚的味道；同時他描述的人的存在也不再是宿命的，而是豁達的。這已是逐步向著浪漫主義發展的另一種詩風了。這時的他的詩，帶著大量的美感、寬容、開朗，讀他的詩也變成一種享受了。這是多麼令人驚訝的事。

我們試看兩首詩，以明他這種優美的詩風到來：

〈台灣俳句〉（《中國時報》，一九九八年一月十四日）

一

季節又到了
樹睜開千蕊的眼睛
張看花花世界

二

陽光穿越了黑森林
飛瀑濺起的水珠
反射出千萬顆小太陽

三

白雲深處崖頂
不知名的野花
點亮了滿山的綠意

四

成群的鳳凰樹
以瀕臨死亡的姿勢
燃燒最後的一把火

五

明月輕盈舞動
夜間的蟲鳴鳥叫
合奏天地協和音

六

流光逐漸磨禿了頂
小雨滴在頭上的聲音
格外悅耳動聽

〈詩與愛〉（《台灣日報》，一九九七年十二月二十日）

在沒有邊界的地方
在鳥群飛過的空際
超越形體的限制
以微笑面對了生命
龐大而無所不在的陰影
詩在那裡

〈有人問詩在那裡？〉

病中的我說：
詩在結構複雜的心臟
輸送氧氣、紅白血球
詩在平衡電解質
排解尿毒的腎臟
所有的器官都活生生

自然蠕動不息
我們從不感覺存在
而具體存在了

其實，更抽象
而非可以核算的愛
從來也是無所不在
還用多說嗎？

六、林梵與第二波鄉土文學

透過上述的分析，我們看到了林梵三十年詩的變化。儘管他的詩有這麼多的面貌，但不論象徵也好、寫實也好、浪漫也罷，他的詩都維持了高水準。其中的原因之一是他相當慎選文字，只要寫詩，他的文字就變得相當精緻，即使在最激動時，他也不隨便用字，逐字被琢磨出來的文字彷如被磨圓的、光潤的珠子串成一行，帶有濃厚的文化氣息。再者他善於節制自己的情緒及泯滅主觀，在他大量描寫大自然景觀的詩中，這種本領尤其高強，他的自然觀察十分接近大自然原貌，似乎是害怕自己會打擾自然那樣，不以情緒扭曲自然，使其動靜皆合於本來面目。他是台灣少見的不以主觀去干預自然的作家。在這種本領下，他寫了三十年以上的詩當然不同泛泛。以早期的象徵詩而言，要達到那麼純粹、質精、量大，在台灣大概也找不到第二人了。

不過就一九八〇年台灣戰後第二波鄉土文學運動而言，他的貢獻還在於他的寫實詩及史詩。一九八〇年後的鄉土文學是十分激動的，民主的議題及民族問題成了作家寫作的主題，在這股潮流下，催生了林梵的民主詩及史詩。他的〈國姓爺〉尤其提出了堅強的台灣意識，鼓勵了我們不懼孤立海東必要堅決對抗強權，實是一九八〇年後，台灣作家最內心的話。

溯自葉榮鐘在日據時期倡導台灣作家應描寫台灣人集體性格及歷史風土以來，經戰後吳濁流、鍾肇政的實踐及葉石濤的宣揚，民族史的寫作蔚成一支大的文脈，李喬、東方白繼之而起，沛然莫之能禦。林梵也就在八〇年後以史詩加入了這個陣營，成為一位民族詩人。他長期在象徵詩上的耕耘幫助了他抵達甚高的成就，台灣當然還有其他的象徵派詩人，但要抵於民族深沉命運刻畫的少之又少，似乎猶待努力。因此我們說林梵是台灣象徵主義的標竿並非過譽。

七、未來的預測

其實林梵在年輕時更努力的話，他應該會寫出二倍或三倍以上的詩才對。可惜由於賴和的研究，把他的詩的才華及寫詩的時間都虛擲了。再過二年，他將邁入五十歲，加上養病，他必不能再肆意寫作長篇激烈的史詩（冒險一試當然是可能的，卻是危險的），不過短詩仍是可行的。最近他朝向浪漫路向的詩創作是十分恰當的，既可沐浴於自然的洗禮中略抒病中心情，也可以銜接年輕時期的詩風，並再創精緻詩風的高峰。他的向浪漫派靠攏的詩路是極正確的路，於其中，美感及豁達並進，將又會是一個豐收期。

《台灣新文學》十一期，一九九八年秋季號

【附錄二】

林梵其詩的軌跡

——從《失落的海》到〈台灣俳句〉

葉笛

一、詩人的根與芽

奧登說：「語言是思想之母，而不是女僕。字可以把你以前從來沒有想過、沒有感覺過的事物告訴你。」這是詩人林梵曾經在詩集《失落的海》裡的後記引用過的。統觀其詩的創作過程，讓人覺得是言之有理的。考察其早期的詩到現在的一系列所謂台灣俳句詩，其詩的思想，其詩的感覺世界，在在都在語言的蛻變過程下，呈現出各種不同的面貌。而這種詩的變化過程正好對應著他的生活體驗的複雜化和深化，以及其人生觀的變化與成長。

人並不是要成為詩人就能成為詩人的。為了桂冠蠱惑才寫詩的，永遠成不了詩人。人必須於其內在精神具有詩人的本質才能成為詩人。對於他起步寫詩的緣由，他曾經說：「那是在很偶然的意念下產生的，是在高一的時候，參加了中部橫貫旅行隊，回家後一直忘不了沿途壯觀的景象，於是嘗試著寫一篇遊記，但不知為什麼，寫到天祥到太魯閣那段路程，卻很難用散文的形式表達出那種對神奇的斜壁、深邃河谷所感受的情感，在那一刻，突然發覺簡短的文字反而更能透露豐富的內涵，於是開始寫詩了。」

事實上，他在比高一更早就已經接觸到現代詩了。他說：「從十三歲第一次接觸到現代詩的驚訝，到十六歲獨自初次掌握到詩的本質，以及以後逐漸可以表現出來，每次的經歷都非常令我興奮。」我想這裡所說十六歲，指的應該是參加中部橫貫旅行隊時心所得的。林梵（即林瑞明）的第一本詩集《失落的海》的第一首詩〈風景〉，無疑的就是他「獨自初次掌握到詩的本質」的詩吧。

古早以前的
古早古早以前

耶和華六天的時間創造宇宙
背著手含笑欣賞　心想：
爲什麼不再來些奇特不凡
於是神刀一揮
刻就了溪流、急湍、九曲洞與燕子口
盤古一旁看得眼紅
不覺技癢
也以巨斧削平了對面的山壁
就這樣地
鬼斧神工
形成了
天祥太魯閣線上

欣賞這一首詩，讓我覺得有趣的是詩人一開頭就用「古早古早」這種台語，詩中的中外歷史人物暫且不談，九曲洞、燕子口、天祥、太魯閣等，這些台灣壯麗的景觀在林梵的第一本詩集裡出現，似乎暗示和象徵了他以後二十多年的思想天地，他所耕耘、所走的路。這種象徵和暗示並不是巧合，而是詩人對歷史的凝視和濃於水的血有以使然。我們常說：「以小看大」。如果拿這一句話來談林梵的詩，可以說他日後的詩的元素就在其中，詩人思索宇宙、大自然、宗教、歷史、社會、人生等等，在這一首詩中已經有了蛛絲馬跡。

喬治．莫爾（George Moore）說過如下的話：「雖然差不多的人從十五歲到三十歲讀詩或寫詩，但其後突然就斷了。因為年輕的時候，我們會被觀念所吸引。現代詩也專門關心著觀念，如同變色龍依靠著光和空氣活下去一般，我們以義務、自由、友愛為依據。不過，除非生為古典學者，終於以為自己對詩失去了興趣，我們會從觀念轉向事物。」我想所謂「從觀念轉向事物」說的是現代詩雖然容納著許多抽象觀念的題材，但還是要扎根於現實社會的生活，因為社會的各種現象和形形色色的事物構成人生，而詩就是人對人生的沉思，對現象和事物的反應。這一個觀點徵之於林梵的詩，是令人頷首的。

二、其詩的風貌

林梵的詩之特徵在於其現實的（realistic）、歷史的（historical）和形而上的（metaphysical）思維時常交錯一起的豐繁的形象。

例如〈世界〉是四行一段而有兩段的八行詩：

時間流動
投影於
無形重疊的
空間

Atlas朝朝夕夕
肩舉
生命的舞台
打轉

這裡有時空構成的宇宙，而且時間流動在空間裡所形成的是變動不居的歷史，而其歷史是人類活動的舞台，舞台上的人物Atlas是希臘神話裡的悲劇人物，受罰以雙肩掮天的巨人。他象徵著人類苦難的命運，但同時也象徵著生命抗拒災厄的堅強力量！一首小詩蘊藏著如此其大的世界，這就是詩的張力與想像的擴散力。像這樣的詩，不只《失落的海》裡頭有，另外兩本詩集《流轉》、《未名事件》裡都是俯首可拾的。

林梵時常凝視自我，也更多地凝視周遭的世界，思索、剖析。詩人林梵有一對冷澈的歷史的慧眼，犀利、深邃、入世的熱情燃燒在深沉的沉默裡，因而讀其詩有一股戲劇的震撼力，也有一縷縷的悲涼。例如〈山水詩〉：

烏來瀑布看著夜幕裡
孤獨存在的吾
吾即山水
流瀉著粉身碎骨的快意

這種「快意」是生命的悲劇激盪出來的矛盾。

林梵的詩不輕易暴露自己的感情，即使抒寫自我，也以比喻出之，〈山水詩〉即其比較單純的例子，把瀑布和自己孤獨的存在結合起來。描摹與大自然同化的自我，宛如回歸自然時的死而感到一種陶醉。這種對存在和生死的探索，也是林梵詩的一特徵。詩的技巧上「比喻」，不管它是「直喻」（simile）或者是「隱喻」（metaphor），就是要把人們囿於現實的固定思維抽離解放出來，讓人在比喻醞釀出來的想像中翱翔，感受到從來沒有感到的嶄新的思想，沐浴於從來沒有感到的鮮新的情感。這就是詩的美，創造的美。

保羅．梵樂希（Paul Valery, 1871-1945）在〈詩的問題〉裡說：「結合豐富和脆弱，趣味的不安定，價值的迅速變換，對極端之事的信仰和永續性的東西的消滅，這就是現代的特質，而這個特質正因為極其正確地應合著越來越鈍化下去的我們的感性，所以我們雖然並不能顯著地感覺到，要不然就會更顯然地感到的。」

的確，我們是活在太散文的、過於散文的現實世界了。人的感性在繁瑣的、物質的、悲苦的現實生活裡逐漸磨損、鈍化以至於痲木不仁。而在這種情況下，詩是人的感性要起死回生的苦藥，之所以說是苦藥，因為感性已然麻木的人是不屑於一顧看來無補於現實之詩的。

林梵對於周遭的一切，生死、歷史、卑小的人物乃至時間都能從中攫住常人視而不見的問題。這就是詩人的氣質：獨具慧眼。林梵寫詩的範圍非常廣泛。宋澤萊把他的《未名事件》和《流轉》兩本詩集的詩歸納成如下的類目（〈心香下讀林梵君的詩〉）：

即景	雜感及家書	死亡的反抗
時間和歷史	空間和山水	生命的探索
男女愛情	社會的關懷	台灣鄉情敘詩

這些類目要按類目舉出詩給予解說，不是這一篇小文能做到的，同時，也不是我所企求的。在這裡我只想把自己拈來的詩加以咀嚼、欣賞、分析一下。

〈軌跡之外〉表現的是永恆的星座、孤獨的詩人、荒古不可及的神話、流星一般剎那卻即為永恆之美。

不知何時晚鐘
響動，猛驚覺
頭上三尺的星座
早已調整了方位

吾起身隨手彈出
煙蒂，以流星的
弧度，滑過
寂靜無聲的夜空
短暫而炫美的
焚燒，即詩

吾是冷卻的
星，拉長
孤獨的背影
回歸神話！

〈寫生〉是一語雙關的妙題。其寫法讀來好像忠實的寫生，描寫手術台上正在進行的手術，其實他刻畫的是從生到死的生命內在的蛻變。

生命
攤展於
時間底
手術台
白牆
游移的
日影，一旁
悄然記錄
直到

屍
解
淨
盡

他不動聲色地凝視著生命在時空裡的嬗變，就像面對沉默的時空，是悲？是懼？是迷惘？是悲天憫人？不得而知，但就像一切好詩一樣，令人沉思。

海德格（Martain Heidegger, 1899-1976）說：「對於我們以為自己住所的那騷然可觸及現實，詩是會喚起夢和非現實的出現的。然而，事情正相反，事實上是我們要承認詩人所說的，要承認詩人存在。」

這一段話確實是至理名言。因為當我們在吟味一首詩時，我們就必須走進詩人所構築的夢或非現實的世界，必須傾聽詩人發出的天籟。林梵的詩其題材不管是現實的、非現實的，讓人讀了都會給人海德格所說的那種感覺的，而且他構築的世界會緊緊抓住你不放。

林梵是個歷史學者，因而以歷史上的人、事、地為題材的不少，諸如〈歷史哲學〉、〈白衣荊軻〉、〈國姓爺〉、〈五月五〉、〈城隍廟〉、〈土地公〉、〈媽祖婆〉、〈孔廟〉等，這些詩在歷史的口述之外，還滲透著濃郁的台灣鄉土風情，表現著深沉而溫馨的關愛，其壓卷之作就是四百二十行的〈國姓爺〉。在台灣〈國姓爺〉確實是不可多得的上乘的史詩，氣勢豪邁，一氣呵成。這些關連著台灣的土地和歷史的詩都是在七十年代寫成的。

除了台灣的歷史人物之外，詩人似乎下了很大工夫創作了〈亂鴉揉碎夕陽天——給梵谷及靈魂的追尋者〉，這首詩是對一個藝術家在一個星宿的命運之下，怎樣為自己的藝術搏鬥，怎麼樣在命運的捉弄下，為追尋自己的靈魂折騰，耗盡生命的春天，然後舉槍以一死結束了自己。這首詩是靈魂成長的悲愴交響樂，全詩共十段一百二十八行。

空白的畫布
冷冷的再三挑釁
除了調和眞實的色彩
抓住畫筆，奮力
攀越，矗立眼前

看不見的絕壁
如何捕捉永恆
消除現象的無常
解開懸天的永恆謎題
登達
遙遠的星星上面？
低沉晦暗的天空
愛太陽的向日葵
抬臉何處？
膜拜祈禱有什麼用呢？
聾啞久時的神明
聽不見眾生的呻吟
眼不見爲淨

梵谷啊梵谷
奈何
不能不張開眼睛
逼視冷酷的現世
從粗糙昇華
不朽的美感
爲生命作證

這裡只引用了第五段和第六段以供揣摩。每當讀這一首詩，我就想起痛苦、悲慘地活在短暫的人世上而死在藝術永恆的天堂裡的藝術家。我的眼前就浮起一波波浪似地旋轉流動著的麥田，高高挺拔的絲杉，月亮，閃爍的星星，畫面上磅礴著一股生命的熱流。那一股力量強烈地震撼著我，讓我們深深地去思索生命的殘酷、孤獨、虛假、真實、短暫與永恆。我之所以再三地讀〈亂鴉揉碎夕陽天〉，就因為它能叩動我的心弦，給我如上的感動和沉思。

林梵對於生活的環境有著敏銳的反應；也有精細的觀察和入木三分的刻畫。他描寫即景也好，空間、山水也好，都有獨到之處。例如在鹿港寫的〈古巷冬晴〉：

歲月光陰，日日夜夜
斑斑剝剝地雕鑿
紅色平整的牆面
深刻，一張張
感性的臉，蹙起
蒼老的顏額
對面嘆息
昔日底風光
太陽仍然越過時間
輕輕搔動
古老巷道的身軀
冬天曬陽的老人

一個個咯咯地
笑亮開來滿街溫暖

斑駁的牆面在嘆息和「太陽仍然越過時間／輕輕搔動／古老巷道的身軀」這三句結合起來，其形象非常新鮮、生動，寫活了古巷。「古老」在人們的模式思維裡是衰敗、死氣沉沉的，但是詩人給它一個突兀的轉變，讓曬太陽老人「一個個咯咯」的笑聲溫暖了滿街。詩人這種image的轉換是不凡的手法。描寫現實卻能展現超越出現實，創造出詩人自己的世界底嶄新的形象，詩與散文的不同就在這裡。與〈古巷冬晴〉異曲同工的有〈高山觀日〉：

日
出
母雞下蛋
的
喜悅

這一首詩有著「乙卯暮冬，能高主峰」這樣之註，想來是登山寫景之作。這首在字的安排上似乎有著圖象詩的企圖，但圖象詩的企圖並不稀奇，令我所折服的是其妙語、機智（wit），在老套的想像裡，大多數對日出的描寫都會出之以莊嚴的景象的，但詩人卻出之以「母雞下蛋／的／喜悅」，出其不意地來了個打破窠臼的意象的大轉變，這種詩會令人莞爾一笑，享受到讀詩的樂趣。

三、台灣俳句詩的嘗試

「俳句」是從江戶時代（一六〇〇—一八六七）的「俳諧連歌」產生的。俳句就是俳諧連歌的第一句五、七、五句式的十七音數，稱為「發句」（即起句）。俳諧的發句主要用為俳句是明治二〇年代末，正岡子規（一八六七—一九〇二，松山市人，初入日本新聞社，研究俳諧在雜誌《ホトトギス》倡導寫生俳句以及寫生文，其俳句叫日本派）的俳諧革新運動變得活潑以後的事。正岡子規的俳句革新運動的指導理論是以寫生為生命，要把自然之美照其本然的樣子描寫的，有別於江戶時代的俳諧。音數律五、七、五的俳句，原本有兩個規則：即

「季語」和「切字」，它是要保持歌詠自然和最短形式的俳句之規則，但近代俳句以其落於窠臼而有人主張廢除它。俳句可以說是日本最短的古典象徵詩。在江戶時代把俳句提高到文學藝術之美的就是俳聖松尾芭蕉（一六四四—一六九四）。芭蕉膾炙人口的俳句：「古池や蛙飛びこむ水の音=Furuikeya kawazutobikomu mizunooto」，據說有一百首以上的翻譯，現在舉幾個比較有名的英譯和中譯看一看。

明治時代歸化日本，教英文學，寫過以日本為題材的隨筆和故事的小泉八雲（原為英國人，名叫Lafcad Hearn，一八五〇—一九〇四）把它翻譯如下：

Old pond-frogs jumped in-sound of water.

美國的日本文學研究家、翻譯家唐納．基恩（Donald Keene，著有英文《日本文學史》，一九二二）的翻譯如下：

The ancient pond.
A frog leaps in.

The sound of the water.

Hearn用複數寫青蛙，Keene 卻用單數。音節數方面，Hearn的翻譯是二、三、四共九音節，企圖盡量接近俳句精鍊的表現形式，而Keene是四、四、六共十四音節，想要保持俳句的音數律五、七、五。

在中文的翻譯最早的有周作人寫於一九一九年而發表於一九二一年〈日本的詩歌〉（請參閱中華書局印行《藝術與生活》，九龍書城出版社再版，二三四頁），其翻譯如下：

古池呀，——青蛙跳入水聲響。

另外有八十年代提倡漢俳的林林於一九八三年翻譯的：

古池呀，
青蛙跳入水聲響。

林林在翻譯日本俳句以外大力提倡五、七、五，十七個漢字分成三行的「漢俳」。在台灣呢？《中國時報・人間副刊》曾經提倡過，也有人響應而寫過三行的俳句，然而並沒有蔚成風潮。詩人詹冰也提倡過「十字詩論」，但正式成立台灣俳句會以及國際俳句交流協會台灣分會而擔任會長的就是詩人黃靈芝。他主張不同於中國大陸的「漢俳」的「台灣俳句」。黃靈芝並且在台北縣縣民大學還擔任著俳句研習班，辛勤有加地推動著俳句創作。在美國有些高中在作文課上亦進行俳句的創作。

把對於自然和人生一瞬間的觀照，把握以生動的image和wit，落實於短小的詩形式裡，這就是俳句的特徵。難怪主張：意象的形式意味著感情和理智突然結合成一個綜合體——龐德（Ezra Pound, 1885-1973）會鍾情於俳句了。

事實上在忙碌的現代社會，限於工作和時間，詩人要抓住一瞬間的領悟，或者一種掠過心頭的意象，俳句的形式是可以琢磨，值得一試的。詩人林梵也許就是在這樣的情況下嘗試他自己的〈台灣俳句〉的吧。

•

季節又到了
樹睜開千蕊的眼睛

張看花花世界

●

成群的鳳凰樹
以瀕臨死亡的姿勢
燃燒最後的一把火

●

流光逐漸磨禿了頂
小雨滴在頭上的聲音
格外悅耳動聽

這些俳句的字數都不一定，是比較自由的，頗像日本的否定型的現代自由俳句。大概都把兩個意象的「景」和「情」結合起來。也就是說把感性與知性結合的。林梵在最近寫的〈台灣俳句——夫婦〉更值得咀嚼，其所掌握的領悟和意象都別出心裁，鮮新，深刻，令人沉思。

●

婚姻是一條細仙繩
從此天人兩人三腳
行走人生的窄路

●

背對著背入睡
各自反芻昔日美景
彼此有不被佔領的夢

●

兒子在夫婦之間
有時是女人的避風港
有時是移情的另一個男人

●

終將孤獨的死去
即使眼淚成海
也不能浮起一朵微笑

這些是〈夫婦〉（一九九八年九月三日，《中國時報》副刊）總題的一部分。對婚姻、男女愛情、兒子之於夫婦之間的地位、生命的無告的孤獨等都有深刻的體認和入木三分的刻畫，意象凝聚而富於想像，短小精悍卻詩意盎然。

林梵不但富有原創性，也富有嘗試精神。在詩集《失落的海》有一首〈歷盡蒼茫〉，該詩原是應朋友籌畫拍攝電影而寫的劇稿。他說它是：「我詩思所興的一個新出發點。……一以期望邁向多方面的途徑。」芥川龍之介曾經說過：「畢卡索永遠在攻打著城堡，那個城堡是畫家自己創造的。」芥川的意思就是說畢卡索孜孜不倦地創造著自己的風格，卻永遠不會滿足於舊風格，隨時都在打破它，追求著新風格。這是真正的藝術家，我想詩人也應該如此。

「寫詩是一種極嚴酷的精神自我提升的過程。因為正視生命，所以我寫詩；也因為寫詩，我堅實的活著。畢竟重要的是生命啊！……詩即是見證。如何維持語言的緊張感，貫穿在整個肌理之中，然而又不故弄玄虛，這是我把握的方向。」（詩集《失落的海》後記〈告別昨日迎向更新的將來〉，二三〇—二三一頁）這就是林梵的詩精神真實的面貌，同時也是其創作之路線。將生活中不可見的，使之成為可見。這是詩的魅力。詩與真實存在於此。

林梵的詩是豐繁的，其詩的光和影交織出來的魅力，有著緊緊攫住人，扣人心弦的力量。其詩如其人。樸實無華，富有深邃的沉思！

一九九八年十一月十九日，初稿於府城

《文學台灣》三一期，一九九九年七月五日

作品發表索引（按目錄序）

雅美人的蘭嶼	《文學界》第九期	一九八四年二月
青鯤鯓的午後	《春風》第二號	一九八四年四月
回到山林的懷抱	《聯合文學》第一六四期	一九九八年六月
山音——水沙漣記	《中國時報》「人間副刊」	二〇〇四年十二月二十二日
光與影	《中國時報》「人間副刊」	一九九六年六月十日
生命之舞	《中國時報》「人間副刊」	一九九九年六月二十四日
雅克賓修道院	《中國時報》「人間副刊」	二〇〇〇年十一月十四日
京都行腳	《中國時報》「人間副刊」	二〇〇四年二月二日
龐貝古城	《聯合報》副刊	一九九九年七月二十二日
台灣俳句	《中國時報》「人間副刊」	一九九八年一月十四日
	《笠》第二〇三期	一九九八年二月
台灣俳句——旋開旋落	《文學台灣》第二九期	一九九九年一月
台灣俳句——夫婦	《中國時報》「人間副刊」	一九九八年九月三日
台灣俳句——生老病死	《中國時報》「人間副刊」	一九九八年十一月二十一日
台灣俳句——懷念父親	《聯合文學》第一七八期	一九九九年八月
台灣俳句——給舒伯特	《中國時報》「人間副刊」	一九九九年八月二十四日
純粹的聲音	一～四，《聯合文學》第一四九期	一九九七年三月

	一～八，《文學台灣》第二二期 九～十二，《文學台灣》第二三期 十三～十六，《文學台灣》第二七期	一九九七年四月 一九九七年七月 一九九八年九月
樹的風貌	《聯合報》副刊	二〇〇四年十二月十八日
銀合歡與木麻黃——給默默推動民主的無名人士	《台灣文藝》第八五期	一九八三年十一月
詩言志——給初安民	《聯合報》副刊	一九八三年十一月八日
心事——致宋澤萊兩題之一	《自立晚報》副刊 《台灣詩季刊》第三號	一九八三年十一月二十二日 一九八三年十二月
向春風的來處眺望——致宋澤萊兩題之二	《台灣詩季刊》第三號	一九八三年十二月
寒椿——爲了忘卻：紀念橋澤ひろこ	《文學台灣》第十九期	一九九六年七月
回家——紀念父親	《自立晚報》副刊	一九八四年一月二十七日
憶	《詩人坊》第六號	一九八三年十月
貓羅溪洗衣的婦女	《台灣文藝》第八六期	一九八四年一月
妻	《自立晚報》副刊	一九八三年十月十七日

手——手腳兩題之一	《現代文學》復刊第二二期	一九八四年五月
腳——手腳兩題之二	《現代文學》復刊第二二期	一九八四年五月
孕	《自立晚報》副刊	一九八四年四月四日
人生三部曲	《聯合文學》第一四一期	一九九六年七月
戰火浮生	《詩人坊》第七號	一九八四年一月
兩岸	《聯合文學》第一四一期	一九九六年七月
大地	《中外文學》第二九〇號	一九九六年七月
生命	《聯合文學》第一四六期	一九九六年十二月
詩與愛	《台灣日報》副刊	一九九七年十二月二十日
母與子	《中國時報》「人間副刊」	一九九九年五月六日
受傷的母語	《聯合文學》第一五一期	一九九七年五月

INK PUBLISHING 文學叢書 226

青春山河

作　　者　林　梵
總 編 輯　初安民
責任編輯　施淑清
美術編輯　黃昶憲
校　　對　施淑清　葉瓊露　王鈺婷　林　梵

發 行 人　張書銘
出　　版　INK 印刻文學生活雜誌出版有限公司
台北縣中和市中正路 800 號 13 樓之 3
電話：02-22281626
傳真：02-22281598
e-mail:ink.book@msa.hinet.net
網　　址　舒讀網 http://www.sudu.cc

法律顧問　漢廷法律事務所
劉大正律師
總 代 理　成陽出版股份有限公司
電話：03-2717085（代表號）
傳真：03-3556521
郵政劃撥　19000691 成陽出版股份有限公司
印　　刷　海王印刷事業股份有限公司

出版日期　2009 年 7 月　初版
ISBN　978-986-6631-97-9

定價　280 元

國家圖書館出版品預行編目資料

青春山河／林梵著；
－－初版，－－臺北縣中和市：INK 印刻文學，
2009.7　面；　公分（文學叢書；226）
ISBN 978-986-6631-97-9（平裝）

863.51　98008510

INK INK INK INK INK INK IN
K INK INK INK INK INK INK
INK INK INK INK INK INK IN
K INK INK INK INK INK INK
INK INK INK INK INK INK IN
K INK INK INK INK INK INK
INK INK INK INK INK INK IN
K INK INK INK INK INK INK
INK INK INK INK INK INK IN
K INK INK INK INK INK INK
INK INK INK INK INK INK IN
K INK INK INK INK INK INK
INK INK INK INK INK INK IN
K INK INK INK INK INK INK
INK INK INK INK INK INK IN
K INK INK INK INK INK INK
INK INK INK INK INK INK IN
K INK INK INK INK INK INK
INK INK INK INK INK INK IN
K INK INK INK INK INK INK
INK INK INK INK INK INK IN
K INK INK INK INK INK INK
INK INK INK INK INK INK IN
K INK INK INK INK INK INK